集英社オレンジ文庫

穢れの森の魔女

黒の皇子の受難

山本　瑤

本書は書き下ろしです。

A Witch in the Forest of Impureness

穢れの森の魔女

黒の皇子の受難

CONTENTS

ミア（ミカエラ）
レイトリン王国の第一王女だが、母である女王から遠ざけられ、森で自由奔放に育った。

キリアン
ミアの幼馴染み。森で倒れているところをミアに救われて、一緒に育った。

エドワード
グリフィス王国の王子。ミアを気に入り求婚したが…。

フランセット
エドワードの妹。ミアともすぐに打ち解けたのだが…。

カイラ
ミアの母でレイトリンの女王。「氷の女王」の異名を持つ。

グリンダ
ミアの父方の祖母。ミアを森のなかで愛情こめて育てる。

ラヴィーシャ
森の巫女。ミアに沢山の本を与え、知恵を授けてくれた。

ネリー
ミアのばあや。生まれてすぐのミアの世話をしてくれた。

アリステア
ミアの異父妹。次期女王とされており、宮廷で育つ。

ハンナ
ミアの結婚の際、ついてきた侍女。頼りがいのある性格。

メトヴェ
ミアに呪いをかけた魔性。

ローガン・ウォリック
子爵で秘書官。エドワードとは士官学校からの付き合い。

ジーク・フェロウ
ミアの護衛。剣術の腕前は一流だが物腰は非常に女性的。

ルイス・エルギン
ミアの従者。腕っ節の強さは他の追随を許さない。

セオドール
ミアが逃亡中に巡り逢った青年。白髪で青灰色の瞳を持つ。

ダグ・ナグル
伝説の白い巨大な狼。禁断の森の奥深くに住む。

穢れの森の魔女
黒の皇子の受難
A Witch in the Forest of Impureness

イラスト／佐々米

第五章　渓谷の魔女

草原を吹き抜けてきた風が薫(かお)り、彼女の黄金色の髪を優しく撫(な)でた。すらりとした肢体(したい)にまとった薄絹が、風をはらんで軽やかに翻(ひるがえ)り、素足をくすぐる。

青々と茂る草の間に可憐(かれん)な野花が見え隠れしている。濃紅色のベトニーの花や、橙(だいだい)色のマリーゴールド。シロツメクサに、白や桃のフウロソウ。蝶(ちょう)やミツバチが飛び交い、少し離れた場所では、野ウサギが耳をぴんと立てて髭(ひげ)をそよがせている。

初夏の陽光に照らされた輝かしいこの場所で、今日、彼女は恋人と会う。

彼女は芳(かぐわ)しい空気を吸い込み、天を仰ぐ。もうすぐあの人がやってくる。頑丈な体軀(たいく)と息をのむほど美しい目をした、あの人が。彼女を力強く抱きしめて、口づけをし、共に生きよう、と言ってくれる。

彼はきっと、彼女を裏切らない。共に生き、真実の愛を与えてくれる——そうすれば、彼女はようやく死ねる。

あまりにも長い時を生きてきた。多くの人間に裏切られたが、それでもなお、人間を愛することをやめられなかった。

医療を施し、赤子を取り上げた。薬草の知識を駆使し、農作物の改良にも力を貸した。しかし、大地の理(ことわり)や神の意志を変えることは、彼女にも無理だった。どうしても助けられない命があった。赤子が死産した時は、おまえのせいだと責め立てられた。雹(ひょう)が降って作物が駄目になった時も、彼女のせいにされた。病気の領主が治療の甲斐なく死ねば、とらえられ、火炙りにされそうになった。

人々は、いつしか彼女をこう呼んだ。

魔女――と。

彼女は住む場所を転々とした。安らぎや理解者を求めて。いつも孤独だったし、愛に飢えていた。火炙りや石礫から逃れ、深い森や山奥に隠れ住むこともあった。十年、二十年と森と同化し、木々と共に呼吸をするうち、いつの間にか歳を取らなくなっていた。力がみなぎり、不思議な事象が身の回りに起き始めた。

妖精や精霊たちとも交流があった。彼らは、彼女の心の慰めにはならなかった。

結局人恋しくて、また里に出た。彼女は美しく、恋もたくさんした。しかしどの男も、彼女の正体を知ると、悲鳴をあげて逃げ出してしまうか、他の村人と一緒になって鎌や斧を手に襲いかかってきた。

そうしてまた、隠れ住む――その繰り返し。

大陸中を転々とするうち、仲間に出会うようになった。彼女と同じように、時を経て、森羅万象の理を手に入れ、大地の息吹と同化し、魔女と呼ばれるようになった女たちに。

その中のひとりが、彼女にささやいた。この日、この時間、この場所で待てば、あの人がやってくると。彼女に求婚し、共に暮らすつもりらしいと。

彼は勇猛果敢な戦士であり、高潔でとても優しい男だ。あらゆる災厄(さいやく)から彼女を守ると、そう約束もしてくれた。

だから彼女は、彼を待つ。空を見上げる。少し陽(ひ)が陰(かげ)った。どうしたのだろうか。胸に生じた小さな不安が染みのように広がってゆく。それでも待つ。待って、待って、待って——彼女はようやく思い出す。

今日は他にも大事な約束があったことを。

太陽の半分と月の半分の顔を持つあの御方が、この大陸を去ることになった。彼がこの地で心静かに過ごすには、人間たちが知恵を持ちすぎ、増えすぎた。人間たちは、知はあるが仁に欠け、情欲はあるが愛を知らず、血で血を洗う殺戮(さつりく)が繰り返され、陰陽の調和が大いに乱れた。そこで彼は六人の魔女を選び、後の世をどうするのか決める、最初にして最後の会議を開くことにしたのだ。

遅刻は決して許されない。

それでも彼女は動かなかった。その時、彼女にとって何より大切なのは、恋人との未来に他ならなかったから。

こうして彼女は、大地の割譲を決める大切な円卓会議に遅刻した。

時の魔女……その本当の名を知る者は少ない。仲間と信じた魔女と、恋した男の双方に裏切られ、彼女は強固な封印の呪文がかけられた暗く冷たい石楼に、封じ込められた。自由にさせておくには、彼女は長く生きすぎ、そして、力は強大になりすぎた。

封印される直前に、彼女は、後の世を呪う言葉を吐いた。

『我、今は封じられようとも必ずや目覚める。魔女の槌が大地を打てば緑の呪いが世界を覆い、汝らの子をイバラの棘で仕留めるであろう。今は石の中で眠ろうとも、世界が魔法と神を忘れし頃、必ずや目覚め、多くの者を呪い殺すであろう』

それからどれくらいの時が流れたのか。無機質な石を組んだ楼には、歳月とともに成長したイバラが、この牢獄の壁全体にはびこっていた。出入り口となる場所には錆びた鉄の格子がはめられ、指先が触れるだけでも灼熱の炎に臓腑を焼かれるほどの苦痛が生じた。

そのため彼女は、石楼の奥まった場所に横たわり、鉄格子の向こう側に溢れる光を、ただぼんやりと眺めるだけで時を過ごした。だんだんと眠る時間が長くなり、目覚めても、物事を考えることさえ、次第に放棄しつつあった。

そんなある日、石楼を訪れる者が現れた。光の中に佇むまだ幼い彼を見た時、彼女は泣いた。

「……さま」

少年は眉をひそめた。その美しい顔立ち、艶やかな黒髪、何より鮮やかな青の双眸。彼女が愛した男によく似た面差しの少年は、じっと彼女を見つめ、聞いた。

「どうしたの？　そんなに泣いて」

彼女は嗄れた声で答えた。

「苦しいのだ。憎いのだ。悲しいのだ。そして寂しい」

少年は困った様子だった。「そう」とつぶやいて、逃げもせず、そこに座り込んだ。

それから彼は、毎日のようにやってきた。たいていは本を携え、長い時間いた。食事を持参し、鉄格子の間から、彼女に林檎を差し出したこともある。彼女は首を振った。もう二百年も食事などせず生かされている。生きた屍のまま、朽ちることも許されない。少年は特に気にするそぶりもなく、その林檎を自分で食べた。

その日、彼はいつものようにやってきて読書をしていたが、いつの間にかうたたねを始めた。まだ幼さの残る寝顔を、彼女は、息を止めて石楼の中から観察した。彼の者によく似ていると思ったが、じっくり見ると、より繊細で整った顔立ちをしていることがわかった。やがて目覚めた彼は目をこすり、彼女を見ると言った。

「よかった」

何がよかったのか。問うように見つめると、少年は生真面目な顔で答えた。

「たくさん困っていたようだったけど、ひとつは解決したね」

「なにが解決した」

なにも解決などしていない。彼女は信じた者たちに陥れられ、変わらず石楼に封印されている。すると少年は指を折りながら言った。

「苦しくて、憎くて、悲しくて、寂しい。このうち寂しいというのが解決した」

彼女はただ、少年を見つめた。青い双眸は冷たく澄んでいるのに、温かく、さまざまな感情を内包している。ああ、ああ、と心が叫んだ。

だからわたくしは人を愛することをやめられない。

「そのようだ」

彼女が答えると、少年は、初めて笑った。柔らかな、穢れのない、優しい微笑を見た時。

魔女の心を凍らせていた何かが、ゆっくりと溶け出したのだ。

1

これほどの裏切りと屈辱を、誰が想像できただろうか。

グリフィス王国第二王子エドワードは、冷たくなった亡骸を前に膝を折って長い間動けずにいた。

王宮の西門から続く森を抜けた先に、王家の墓が並ぶ丘がある。その端に新しく掘られた墓穴があり、その近くにこの国の王女が無残な遺体となって横たわっている。そばには彼女の従者である男が、矢疵によって絶命していた。

妹――腹違いの妹であるフランセット王女は、刀傷だ。心臓付近から失血し、周囲は血の海になっていた。瞳は閉ざされ、胸の上で手を組んでいた。常にはめていた手袋は取られている。ひどい火傷のあとがあったと聞いているが、いつの間に治ったのか、見られない。エドワードは冷静に遺体を観察する。そうでもしなければ、怒りと絶望のあまり、奥歯を粉々に嚙み砕いてしまいそうだ。

「殿下」

背後に忠臣、ローガン・ウォリック子爵が立つ。エドワードは立ち上がった。

「行方は」

「まだわかりませぬ。街道を使わなかった様子。おそらく土地勘のある者の手引きがあったかと」

「捜せ。捜し出して、とらえ次第連れてくるのだ。生死は問わぬ」

「は。しかし、妃殿下は……」

「生死は問わぬ」

エドワードはもう一度繰り返した。ローガンはかしこまった様子で去っていった。

『わたしも。わたしも、エドワードが好き』

可愛らしい顔と声で愛を語った娘は、一年もしないうち、エドワードの妹を殺したのか。己が処刑される前に王宮を逃げ出し、置き土産とばかりにフランセットの命を奪ったのか。

信じられない。信じたくはない。

エドワードの、名ばかりの妻。レイトリン王国第一王女、ミカエラ・ギルモア・レイトリン。

ミカエラ……ミアは、優しい娘だったはずだ。また、フランセットとも交流を深めていた。お転婆で、生き物を愛するところも似ていた。

そのミアがフランセットを殺した？

彼女はエドワードと会うまで、故郷の深い森で動物を狩って生きていた。女王のオレンジを差し出した時でさえ、生きていくのに必要ではない、と最初受け取るのを固辞した。

生きていくのに必要だから、フランセットを殺したのか。

可愛い異母妹。数多くいる、腹違いのきょうだいの中で一番、エドワードを慕い、エドワードもまた、彼女を愛しく思っていた。

フランセットの母親は地方の教会の修道女だった。本来、男とは縁なき者として生涯を神に捧げるはずが、王の地方視察の際に見初められ、強引に側室にされたのだ。王宮に一室を与えられ王女を産んだが、フランセットが二歳になる前に気の病が悪化し、塔から身を投げて死んだ。

エドワードは憶えている。美しいが物静かで、常に遠くを見るようにして物思いに沈む、儚げな女性だった。

ある春の日、王宮の庭でたまたま彼女と異母妹に遭遇した。その頃のエドワードは闊達な少年で、歩き始めの異母妹と、ひとしきり遊んでやった。するとフランセットの母親は、じっとエドワードを見て、言った。

『王子様はお優しい方ですね』

それから、陽に透けるほど白い顔に不思議に穏やかな微笑を浮かべ、こうも言った。

『どうかこれからも娘と遊んでやってくださいね。呪われた運命の子ですが、太陽の申し子のように輝かしい王子様のそばにいられたら、少しは救われることでしょう』

エドワードは、彼女の話がよくわからなかった。ただ、純粋に異母妹を可愛いと思い、その母親を安心させたかった。

『いいよ』

と答えた。

『僕がずっと面倒をみるよ』

するとフランセットの母親は泣いた。微笑(ほほえ)んだまま、静かに涙を流していた。美しいが、今にも消えてしまいそうな、危うい微笑だった。

その数日後、彼女は身を投げたのだ。

自死の原因として、王妃にいじめ抜かれたからでは、と言う者もいた。そもそも神に仕える修道女を強引に王宮に入れたのが間違いだった、と言う者もいた。しかし噂(うわさ)は長く続かず、フランセットの母親は次第にその名も忘れられてしまった。

エドワードは、彼女との約束を守ったつもりだ。誰よりも、フランセットを可愛がった。幼い頃は頻繁(ひんぱん)に自室に出入りさせ、そのまま一緒に眠ってしまうこともあった。時には家庭教師の代わりに勉強を教えたし、舞踏や乗馬も教え、彼女の成長を見守った。

天真爛漫で、穢れを知らない、可愛い異母妹。いつか嫁ぐ日が来たら、精一杯の支度をして送り出すつもりでいた。

それが、まだ十六で……このようにうら寂しい場所で人知れず殺される理由など、いったいどこにあるというのか。

エドワードは政治的思惑を超える気持ちをミアに抱き、求婚し、妻とした。第一王女を快く送り出したはずの北国の女王は、娘を嫁がせて間もないうちに、グリフィスに向けて挙兵した。当然、エドワードの父王や重臣たちの怒りは強く、ミアはとらえられ、事と次第によってはレイトリンへの報復と見せしめのため、処刑される憂き目にあうところだった。

しかしエドワードは、ミアを逃がすつもりでいた。そのつもりで、ローガンにひそかに手配させていたのだ。どれほど行き違いがあろうと、彼女がエドワードに当たり前の愛情を返さなくても、エドワードは彼女を愛していた。

それをこのような形で裏切り、出ていった。永遠に、エドワードの前から消えようと。

許せない。決して許せることではない。

彼女が直接手を下していなくても、共に逃げた彼女の護衛たちは腕利きばかりだ。か弱い少女を刺し殺すことなど朝飯前なのだ。

まぶたの裏が怒りで赤く染まる。エドワードは空を仰いだ。夜明けを知らせる星が地平に瞬いている。

「ミカエラ。ここまでだ」

彼女を殺す。必ずこの手にとらえ、どれほど命乞いをしても、剣を突き立てる。エドワードは地平の明かりを睨みつけ、復讐を誓うのだった。

2

森で狩りをする時、ミアは、周囲の植物たちの呼吸を意識する。五歳の冬、祖母のグリンダの家の戸を叩き、それから狩猟に関するさまざまな知識を彼女から教わった。弓矢の使い方、ナイフの使い方。動物ごとの最適なさばき方、肉の保存方法なども。

崖の下には清水が流れていて、そこに一頭の鹿が水を飲みに来ている。時おり頭を上げては、神経質そうに耳を動かしている。その体躯からして、まだ若い雌だ。見るからに健康そうで、食肉とするのに問題はない。

野生動物は、できるだけ生きている時の状態を観察してから狩るのがいい、とグリンダに教えられた。動物は恐ろしい伝染病を持っている場合があるからだ。今、射程範囲にいるあの子は、問題なさそうだ。ミアは気配を殺すというより、意識を周辺の草木に沿わせるようにして、静かに移動した。

鹿が水辺を離れる。ミアは矢をつがえ、弦を引き絞った。狙うのは首より上。腹部を損傷すると肉が内臓で汚染される。

弦が鳴り、一拍置いて手応えを感じる。ミアが放った矢は、鹿の右側頭部に命中した。茂みから身を躍らせるようにして崖を飛び降り、川べりの獲物に近づく。鹿はまだ、絶命していない。心臓が動いているうちに血抜きを開始するのが理想だ。

「ごめん」

ナイフを取り出し、素早く頸動脈を切った。川べりの傾斜を利用し、頭を低くして放血する。その時ふと、水面に映る自分の顔を見た。

赤い髪はこの半年でずいぶんと伸びて、腰まで届くほどだ。殺したばかりの鹿の血と混ざり合い、水の中で不吉な揺らめきを見せている。白い顔に生気はなく、緑の瞳だけが落ち着きのない光を放ち、こちらを見返している。その顔も、大量に放出される鹿の血に浸食される。

代わりに映ったのは、褐色の髪に灰色の瞳をした、無邪気な少女の顔。

『わたくしはお兄様の、腹違いとはいえ血のつながった妹。このグリフィスでは、花嫁にはなれませんわ。でもねえ、お兄様の中の一番で居続けることはできますもの』

『新しい世界では、そんな無粋な決まりはなく、真に愛する者同士が添い遂げることができるのですわ……』

急に吐き気がして、ミアは川原に手をつくと、せり上がってきた胃液を戻した。瞳を閉じ、呼吸を整える。川の水で口をすすぎ、袖口で拭った。

考えても変えられない過去に翻弄されるのは、今ではない。ミアはまだ逃亡の途中で、どんな時も気を抜くことはできない。

気持ちを落ち着けて、鹿の放血具合を見ようとした。しかし、背後に人の気配を感じ、咄嗟にナイフを構えて振り向いた。

「妃殿下」

現れたのは、長身の男。ジーク・フェロウだ。両手をあげて、おどけた様子で近づいてくる。

ミアは息を吐いた。

「どうしたの」

ジークは他の仲間と共に、今夜の野営場所で待機していたはずだ。ここからそう遠くはない。

「お帰りが遅いので、キリアンと手分けしてお捜ししてたんですよ」

ミアは空を見上げた。夕暮れが近い。

「そうか。ごめんね。ウサギにするつもりが、この子に遭遇して」

ジークは鹿を見てにやりと笑う。

「今夜はごちそうですわね」

「血抜きにもう少しかかるわ。来たのがキリアンじゃなくてよかった」

「ああ、あの子、こういうの苦手ですものねえ」

「でも食べるのよ。美味(おい)しいとこどりよね」

ミアは苦笑し、鹿の腹部にナイフをあてる。腹膜をできるだけ傷つけないようにして、腹を裂き、内臓を取り除いてゆく。直前まで生きていた獣(けもの)は、まだ温かい。ジークもそばまでやってくると、傍(かたわ)らにかがみ込み、ミアの作業を見物する。

「手慣れてますわね」

ジークは銀髪が美しい妙齢の男だが、仕草や話し言葉が女性に近い。従者のルイスによれば、男でも女でも恋愛対象になるのだという。よく、キリアンがからかわれている。

「鹿をやるのは久しぶりよ」

内臓を取り去り、今度は頭部を持って、腹部からも放血させる。数時間かけるのが理想だが、ここは故郷の森ではない。野宿で、先の行程も読めないとなれば、狩りの第一目標は手っ取り早くその日の腹を満たすこと。血抜きがじゅうぶんでないとどうしても生臭さが残るが、贅沢(ぜいたく)は言っていられない。ミアは鹿を引き上げると、解体を始めた。

「ここで切り分けるんですの？」

「そのほうが効率的だし、キリアンも嫌がらないし」

ふふっとジークは笑う。

「妃殿下のほうが勇ましいですわね」

「……できれば別の呼び方で」

ジークは失礼、とつぶやいた。

「では、王女様、と」

「うん。まあ、普通に名前でもいいけど」

ミアは嫁ぎ先のグリフィスから逃げてきた。今頃、エドワードは怒りくるっているだろう。フランセットの遺体も見つけたはずだ。彼の衝撃と悲しみを思うと、胸が苦しい。

ミアは北方の小国レイトリンの第一王女。大陸一豊かなグリフィス王国の第二王子、エドワードと結婚したのは半年前の秋だ。しかし、結婚の実態は皆無で、ミアはとうとうエドワードに抱かれぬまま、あの国をあとにした。

母である女王カイラがグリフィスに進軍したため、ミアと随行人(ずいこうにん)たちはとらわれ、最悪処刑されるところだったのだ。

「肉を解体するのならここに」

ジークは背に負った荷物の中から、大きめの革袋を取り出した。

「助かるわ。それなら汚れずに持ち帰れる」

「おひとりだったら、どうやって運ぶつもりでしたの？」

「マントにできるだけくるんで」

「それは、キリアンに嫌がられそうですわね」

「でも結局食べるのよ」

「またそれですか」

くくっとジークは笑う。笑うと目尻に皺(しわ)ができて、とても優しそうだ。

ミアたちがグリフィスから脱出できたのは、このジークのおかげだ。ジークはキリアンの義父であるオークス・デール侯爵の諜報員(ちょうほういん)をしていた男で、剣術のほか、情報収集や隠(おん)密(みつ)行動を得意とする。ミアたちは彼に案内された裏道を通ってグリフィスを脱し、西国ローンウッド王国から回り道をして、レイトリンに戻ろうとしている。本当は街道を使いたかったが、グリフィス軍によって封鎖されている。

ローンウッドでも主だった街は避けねばならず、山野を行き、北を目指している。動きやすい服や靴、野宿に必要な装備も、このジークが調達してきた。本当に有能な護衛である。

「ジーク。本当にありがとう」

解体を終え、野営地に戻る途中で、ミアは礼を述べた。

「改まってなんですの」

「ジークのおかげで装備が万全だから、不謹慎かもしれないけど、まあまあ楽しめる」

ジークはまた、ふふっと笑った。

「ワタシたちも王女様のおかげで飢えずにすんでますわよ」

でも、と彼は静かな声で続ける。

「早急にこの国を出たいものですわねえ。山の中じゃ、飲んだくれて寝ることもできませんし、そろそろベッドが恋しくてたまりませんもの」

確かに。ミアは故郷で王女という身分にもかかわらず、森や農地で野生児のように育ったが、さすがにこれほど長く野宿したことはない。

グリフィスを出てはや十日。みな、疲労の色が濃く出始めている。

逃亡仲間は、ミアをのぞいて四人。侍女のハンナ、従者のルイス、護衛のジーク、そしてキリアンだ。

夜の森は漆黒の闇に沈み、フクロウの鳴き声や、獣の遠吠えも聞こえる。しかし故郷の森と違い、春の夜でもそれほど冷えず、火を焚けばじゅうぶんな暖も取れる。

一同は炎を中心に車座になって、焼きたての鹿肉にかぶりついた。塩はジークが調達してくれていたし、香りづけのハーブは道中でミアが確保した。薪集めはハンナが、ルイスは器用に竈を作り、火を熾した。それから、キリアンは。

「国境を越えるには、マルト城は避けて通れない」

どこからか入手してきた地図を広げて、ジークと真剣な顔で話している。ミアはキリアンの横に座り、炎に照らされた地図を見た。マルト城というのは、レイトリンへの山道の途中にある渓谷の城だ。

「城主はカールソン伯というローンウッドの貴族で、なかなか有能な男らしい。俺たちが街道を使わなかったから、グリフィスからこの国にも捜索の協力要請が出ている」

ジークもそうね、とうなずいた。

「主要な街では、ワタシたちはすでにお尋ね者になっていて似顔絵も出回っているわよ。中でもマルト城は、厳戒態勢を敷いているはず」

うーん、とミアも唸った。

「じゃあ、抜けられそうな山道を探す？」

「まず無理ですわね。ローンウッドは渓谷の国と呼ばれるだけあって、未踏の急峻な崖と森の連続だし、足を踏み外せば一巻の終わり」

しんと沈黙が満ちる。

「まあ、なんとかなりますって」

明るい声をあげたのはハンナだ。砂色の髪の大柄な侍女は常に明るい。いや、そう振舞おうとしてくれている。

「そこを通らなきゃならないのなら、変装しましょうよ」

「変装？」

いいわねえ、と応じるのはジークだ。

「それならワタシの腕の見せどころよ。明日にでもさっそく変装の小道具を仕入れてくるから。どうせなら徹底的にやりましょ」

にこにこ笑ってキリアンを見る。キリアンは眉を寄せた。

「なぜそんな目で見る」

「どんなふうにいじろうか考えてんの。男は女に、女は男になってもらうわ」

ミアは感心してキリアンの端整な横顔を見つめた。

「確かにキリアン、美女になりそう」

「やめろ」

「あたしと王女様は男装ですね。王女様も凜々しい殿方になりそうですわねえ」

ハンナがうっとりとそんなことを言う。ミアはなぜか照れた。

「そ、そうかな。実はわたしも男装ってあんまり違和感ないっていうか」

「もとに戻るだけだからだろ。男の格好のほうがしっくりくる」

キリアンが皮肉な口調で言うと、ジークがごん、と彼の頭を叩く。

「王女様になんて口きくの。いくら幼馴染みだからって」

「そうですよキリアン様。ひどい」

「いやいや、本当のことだから」

とミアはキリアンをかばう。実はこの逃亡で何がほっとしたかというと、着飾らねばならない日々がなくなったことだ。毛混のズボンにフランネルの少しごわついたシャツ、チュニックとマント。背には矢筒と弓矢。歩きやすい丈夫な長靴。言うことない。

「しかし男装となると、髪はどうごまかしますかねえ」

ジークがミアの赤い髪を見つめて思案顔になる。

「なにしろ王女様の髪色はローンウッドでも珍しいですし。侍女殿はひとつに括（くく）ればいいとしても」

ミアは少し考え、言った。

「それなら切ってもいいわ」

えっ、とハンナがミアを見る。

「王女様、そんな」

「短く切って髪粉（かみこ）で暗く染めるわ。それなら目立たない」

「駄目だ」

突然、鋭く言ったのはキリアンだ。ミアは驚いた。普段からあまり感情表現が豊かなほうではないのに、珍しく怒ったような顔をしている。

「キリアン、どうし……」

「切る必要はない」

「そんな大げさに考えること？　どうせ伸びるのに」

「君は短絡的すぎる」

「はあ？　なんでそんなに怒るの」

「怒ってない」

「嘘だ。わたし、ごまかされないからね」

「まあまあ」

　ジークがおどけた様子で間に入る。

「確かに王女様の髪を切るなんてワタシだってどうかと思いますわ。きつめに編んで帽子に押し込むとか、なにか手はあるでしょう。それに一番の問題は王女様じゃなくて……」

　ジークの視線を追って、一同はルイスを見る。焚き火のそばで先程から鹿肉に夢中になってかぶりついている。

「ん？　僕がどうかしましたか」

「……いやあ。あんたを女装させるのは無理かもしれないわ」

「え、じょ、女装？」

　確かにルイスは人一倍体が大きい。

　食べる量も半端なく、今もミアが解体した鹿肉の半分は彼の胃袋におさまりそうだ。口の周りを肉汁でべとべとにして、きょとんとこちらを見るルイスが女装するところを想像し、ミアは思わず噴き出した。ジークやハンナも大声で笑う。ミアは笑いながらキリアンを見た。キリアンもわかりにくいが笑んでいる。それで安心した。

『駄目だ』

先程の、切羽詰まったような顔はなんだったのだろう。あんな顔は初めて見た。彼のあらゆる顔を知っているつもりでいたけれど、思い上がりなのかもしれない。

「キリアン」

なんとなく不安で、ミアが彼を呼んだその時。ジークとキリアンが同時にはっとした顔をして、剣の柄に手をかけた。

ミアも振り向いた。闇に沈んだ木々の間から、フードを目深にかぶった小柄な人物が現れる。

「突然申し訳ないのう」

しゃがれた老婆の声が言った。

「道に迷うてなあ。もしよければ、わしもその火にあたらせてもらえまいか」

マントのフードを肩に下ろすと、ぱさついた白い髪が露になった。少しのぞいた首元は深く皺が刻まれ、ひどく痩せて骨が浮き出ている。よく見ると、身につけた衣類はあちこちが擦り切れ、ずいぶんと汚れていた。

「おお、うまい、うまいのう」

老婆は夢中で鹿肉を貪り食べた。その勢いに圧倒されながらも、ミアはお代わりを差し出す。

「たくさんありますよ。ゆっくり食べてください」

老婆は目をカッと見開いて肉を見た。白濁しているのに、ちゃんと見えているようだ。

「……王……お嬢様」

ハンナがミアを離れた場所まで連れてゆく。

「よろしいのですか。得体の知れない老婆とかかわりを持つなど」

「でも断るわけにはいかないわ。空腹でこんな山奥に放置したら、大変なことになるかもしれないし」

「それですよ。どうしてこんな山奥に、おばあさんがひとりで？」

それもそうだ。ミアは振り返った。突然現れた老婆を、ジークやキリアン、ルイスは、少し遠巻きに見ている。

「じゃあ聞いてみよう」

ミアは老婆のところまで戻った。

「おばあさん」

老婆は夢中でガツガツと肉を食べては、うまいうまいと繰り返す。魔物には見えないが、魔物とは総じてそんなものだ。しかしその様子があまりにも飢えた老人のそれで、ミアは正体を問い詰める代わりに、白湯（さゆ）を差し出した。

「ん？」

「……もう少しゆっくり食べないと体に毒ですよ」

老婆は欠けた歯を見せてにかっと笑う。

「すまんすまん。久しぶりにまともなものを食べたでなあ。つい作法を忘れてしまってたわ」

「作法は別に構いません」

ミアは老婆の横に座った。

「でも、なぜこんな場所にひとりで？」

「そなたたちこそ、妙ではないか？　このような山奥で煮炊（にた）きして、妙齢の男女ばかりがのう。もしや、どこからか姿を隠して逃げねばならぬ、お尋ね者かや？」

あら、とジークが再び剣の柄に手をかけた。ミアはじろりとジークを睨んで制する。

「おばあさん。わたしたちに会ったことは黙っていてくださると助かります」

老婆はもぐもぐと肉を咀嚼（そしゃく）し、ミアをねっとりとした目で見た。

「わしは巷(ちまた)では頭のイカれた婆(ばあ)さんだと思われとるでな。誰もわしの話など信じんわ」

「では。黙っていてくださいますね」

「もちろんじゃ。ほれ」

　老婆はミアに手を差し出した。その意味がわからず、目を瞬くと。

「何をしておる。相手に何かを頼むのに、ただってことはあるまいよ。そなた、いくら逃亡中とはいえ、老婆ひとりを喜ばせることができるものくらい、持っておろうが」

「呆(あき)れた」

　ハンナが言う。

「一飯の恩義も果たさず、口止め料まで要求するっての。そこまで言うなら今食べたものを返しなさい」

　ハンナが老婆につかみかかろうとするので、ミアはそれを押し留めた。

「いいから、ハンナ」

「でもあまりに強欲な」

「欲深いのは悪いことじゃないわ」

　ミアはつぶやき、耳飾りを片方、外した。

「わたしたちも路銀が必要だから、片方だけしかあげられない。でも石は本物だから、それなりの金子になるはずよ」

　耳飾りは、エドワードから贈られたものだ。金の鎖で真珠と緑柱石がつながれている。何しろ身ひとつで逃げ出してきたために、宝飾品はほとんど持ち出せなかった。もとから身につけていた耳飾りと、細い腕輪がふたつだけ。

　老婆はにやりと笑ってミアから耳飾りを受け取ると、懐にしまい込んだ。

「娘さんは、いい子だの」

「わたしも強欲だから」

「嬉しいねえ。わしはそなたが気に入ったよ」

「それはありがとう」

「でもそこのデッカイ娘っ子が言うように、わしもちょっとは欲が深すぎたかね。お礼に占いでもしてやろう」

　はー、とジークが大げさなため息をつく。ミアも苦笑した。

「お礼なんていいのに」

「まあそう言うな。わしの占いはけっこう当たると評判だぞ？」

「さっき、誰もまともに相手をしてくれないと言ってなかった？」

　ハンナがすかさず突っ込むも、老婆は涼しい顔だ。痩せた胸元に手を入れると、小石をいくつか取り出して、地面に放った。

「占いは別さ。わしはその昔、魔女と呼ばれた女だからね」

「魔女」

ミアは驚き、じっと老婆を見つめた。すると老婆もミアの瞳を凝視し、こう言った。

「呪いに苦しめられておるな」

とたん、胸のあたりに痛みが走る。

ミアのそこには、刻印がある。十六の誕生日の夜に呪われた証が。

『王女様に、イバラの檻をお贈りいたします』

動揺し、絶句するミアの代わりにキリアンが反応した。それまで黙って成り行きを見ていたのに、老婆の胸ぐらをつかみあげたのだ。

「婆さん。適当なことを言うな」

「やれやれ。呪いに苦しめられる娘に、忘却の術をかけられた青年か。本当にいわくつきの連中だねえ」

キリアンが戦慄するのがわかった。ミアははっとし、

「やめなさい、キリアン」

と彼を老婆から引き離す。

「おばあさん。どういうことなの」

「占いをしてやると言ったであろう？　夜は長い。寝しなの物語だと思って、話を聞いてみるかね？」

ミアは少し考え、頭を下げた。

「お願いします」

キリアンを見ると、彼は下がって、近くの幹にもたれかかった。

老婆は地面に放り投げた石を弾いた。綺麗な小石が、くるくると不思議な動きを見せて旋回する。

「そなたにかけられた呪いは、おそらく、千年樹の禁呪にかかわるものだ」

「千年樹……」

「聞いたことはあろう」

「創世神話に出てくるものですね」

大神イデスがこの地に降り立った時、世界を海の泡から作ろうとしたが、大地は脆弱だった。そのため神木を一本植えて、この世の礎とした。これが千年樹だ。千年樹は、菩提樹に似た姿形を持ち、常緑で、現世のほか、前世や来世をも内包する。そのため、この樹に触れれば、時を遡ったり、進んだりといった術を使えるが、あまりにも強い神気を持つ樹であることから、その術を使えるのはイデスと――もうひとりだけだった、とされている。

それが時の魔女である。

「禁呪とは、時の魔女が封印された時に吐いた呪詛のことですか」

「そうとも」

ミアの師であった巫女ラヴィーシャは、建国の神話を題材に、繰り返し教訓を説いた。

『遅刻はするな』

時の魔女は、恋人を追いかけることに夢中になり、大地の割譲を決める大切な円卓会議に遅刻した。結果、大陸は五王国に分けられた。これを逆恨みした時の魔女が、禁呪と呼ばれる恐ろしい呪詛を吐いたため、石楼に封印されたのだといわれている。

『我、今は封じられようとも必ずや目覚める。魔女の槌が大地を打てば緑の呪いが世界を覆い、汝らの子をイバラの棘で仕留めるであろう――』

緑の呪い。イバラの棘。

ミアはマントの上から自分の胸元をつかんだ。

「……これは、時の魔女が仕掛けたものだと？」

「そうは言っておらん。ただ、関係があるだろうということよ」

「帝都がイバラにのまれたこととも？」

「むろん」

　大地の割譲と時の魔女の封印はおよそ三百年前。そして百年前には、帝都ナハティールにある皇城が、突然発生したイバラにのまれた。人々は、時の魔女が目覚め、再び呪いを発したのではないかと噂した。真実はわからず、皇帝一家がどうなったのか知る者はいない。五王国は大陸の要（かなめ）を失い、慢性的な食糧難もあいまって、王国間の小競り合いが起こるようになったのだ。

「そなたにかけられた呪いに、封印されているはずの魔女がどのような形で関与したかは定かではないが、ひとつ確かなことはある。時の魔女は、千年樹に触れることができる。再び自由を得られれば、時を遡り、呪いを無効にすることとて、可能なはずだ」

「でも時の魔女は、解放してはいけない存在なのでしょ。世界を呪うような魔女が、再び解き放たれたら……それこそ、個人の呪いではすまない事態になるんじゃないの」

　老婆は答えず、骨と皮ばかりの指で、再び石を弾く。それは黒くて艶のある石に当たり、停止した。ミアは石を同じように見つめ、さらに問う。

「おばあさん。メトヴェという妖精のことは？　聞いたことある？」

「知らんな」

老婆は続けて石を弾きながらも、くちゃくちゃと音を立てて肉を咀嚼した。

「だが妖精は時に魔女と懇意になるし、身動きがままならぬ魔女に代わり、大陸のあちらこちらで悪さを仕掛けても不思議ではないの」

思い出す——。

十六歳の誕生日の夜、神殿の儀式で呪われた時のことを。

十六の誕生日は、レイトリンでは成人の日として妖精に扮した四人から祝福を受ける。王族であろうと、農民であろうと。王族であるミアは神殿でその儀式を行った。途中までは、ごく普通の儀式だったはずだ。神殿の巫女たちから、永遠の美しさ、富と平和を約束する言葉を順番に受けた。続く三番目の巫女からは、従順と品格を授かるはずだった。それが、巫女に成りすましていたメトヴェと名乗る謎の女に、忌まわしい呪いの言葉を吐かれたのだ。

『王女様の心はイバラの檻にとらわれ、永遠に、そこから出ることはかなわないでしょう。恋した者には決して心からの笑みは見せられず、涙も見せられず、怒りをぶつけることもできない。またもしもこの枷の存在を明かせば、相手の男はイバラの棘に心の臓を突き破られ、死の穢れをもらうでしょう』

これによりミアは、生まれて初めて恋をしたエドワードに対し、心から笑いかけることができなくなってしまった。笑わず、怒らず、泣きもしない妻にエドワードは傷つき、徐々に疎んじるようになり、他の娘を側室にした。互いに愛しているのに得られぬ心に、ミアも苦しんだが、エドワードの苦しみはおそらくそれ以上のものだっただろう。

『レイトリンの王女よ。誕生の祝いは絶対的な効力を持つ。そなたは未来永劫、恋しい男と結ばれることはできぬ』

ミアはそのように呪われ、実際、エドワードとの仲はこじれにこじれた。

そして、エドワードの異母妹であるフランセット王女もまた、愛の呪いを受けていたのだ。

血のつながった兄であるエドワードしか愛せない呪い。その刻印は手袋で隠した右手に刻まれていた。フランセットはエドワードを愛し、求め、苦しみ、兄の妃であるミアを殺そうとし……結果、命を落とした。

ミアは震える唇を噛み締めた。なぜミアやフランセットは、呪われなければならなかったのか。

「すごく腹が立つけど、仮説としては、一番筋が通る」

「ほう?」

「時の魔女は、人間への愛憎に苦しめられた。だから、五王国に恨みを抱いて、自分と同じような苦しみを仕掛けたのだとしたら……」

ミアが受けた呪いは、やはり、時の魔女が放ったものかもしれない。

「時の魔女はもともと、心優しい女だった」

老婆は静かに言った。まるで見知った相手のように。

「あの者は、ただ、ほんの少し愚かだっただけだ。そなたがもし、時の魔女に会うことができれば、すぐにそのことがわかるだろう。決して人間を呪うような女ではないことが」

「……理解できれば、呪いをといてもらえる？」

「試してみる価値はあるだろうさ」

老婆がさらに石を弾く。石は、青灰色の縞模様がある小石に当たった。

「そなたは近々、最たる悲劇に見舞われた者に出会うであろう。その出会いは呪いを受けし者の必然であり、退ければ闇は深まり、受け入れれば双方が傷つくが、未来図を手に入れられる。両目をしかと開き、耳をすまし、この縁を逃すでない」

ミアはさまざまな色の石たちをじっと見つめた。

「縁……」

「今宵、わしのようなものを受け入れたそなたのことだ、まず心配はなかろうが」

老婆はにやりと笑い、散らばった石をささっと集めると再び懐にしまった。

「さてと。ごちそうになったの」

立ち上がった老婆に、ミアは慌てる。

「どこへ？」

「家に帰るのさ」

そう言って、皺だらけの指が森の奥を指す。

「……この森に住んでいるのね」

「この国に住んでいるのさ」

人をからかうような口調だ。ミアは老婆をもう少し引き止めたかった。

「待って。さっき言ってた、忘却の術ってどういうこと」

老婆はひょいひょい、とまだ肉がついている鹿の骨をキリアンに向ける。

「あの者にかけられておる」

「それを、消すこともできる？」

キリアンと出会ったのは、九年近く昔だ。それまでの記憶を、彼は忘れている。

老婆はにやにやと笑う。

「本人が思い出そうと思うたら、そっちはいとも簡単に思い出せるはずだ」

これには驚いて、思わずキリアンを見た。キリアンも眉を寄せている。

「どういうことだ」

「そなたもわかっているはずだ。何も思い出せないのではなく、思い出そうとしないだけだということを」

キリアンは黙り込み、何も答えない。すると老婆は「じゃあな」と言って去ろうとする。

ミアはその背に言った。

「……おばあさんの話は、覚えておくようにするわ」

「それがいい」

そうして謎の老婆は、再び闇の中に吸い込まれるようにして消えた。しばらくの間、誰もがぼんやりして、今起きたことは現実だったのかどうかを、疑っているようだった。

ミアは片方だけになった耳飾りに触れて考える。

誕生日の夜に呪われてから、あらゆる情報を得ようと試みてきた。グリフィスに嫁いだあとも、故郷に調査のための人員を置いてきたほどだ。しかし今日まで、これといって目新しい情報を得ることはできなかった。

ミアが知りたかったことは、誰が、なんの目的で自分を呪ったのか。その呪いをとく方法が存在するのか。それに尽きる。

老婆の話は、大きな手がかりになりそうだ。

切り立った崖から街の明かりが見える。マルト城とその城下町だ。キリアンは大木の根元に座り、遠くに揺れる篝火(かがりび)を見ているようだった。

「キリアン」

ミアが声をかけると、すぐに「ミア」と返ってくる。

「眠れないのか？」

「うん」

ミアはうなずき、キリアンの近くまで行くと、彼の隣に座った。しばらくの間、ふたりで無言のまま篝火の方角を見ていたが、

「得体の知れない婆さんの言うことなんか、深く考えすぎるなよ」

突然、キリアンは言った。

「得体は知れないけど、魔女っていうのは本当だと思うよ」

「なぜ」

「ラヴィーシャと気配が似てたから」

キリアンは束の間沈黙した。彼も覚えているだろう。レイトリンの神殿の巫女、森の巫女とも呼ばれた彼女の気配を。

ラヴィーシャは、ミアが呪われた夜、消えてしまった。

「君は、ラヴィーシャも魔女だったと思ってるのか？」

「前からそう思っていたわけじゃない。ただ、あの誕生日の夜に、わたしにかけられた呪いを緩和してくれたのはラヴィーシャだった。魔女じゃなければそんなことできないはずでしょう。それに思い返せば、いちいち納得いくことがいくつかあるし」

レイトリンの森に住んでいた神殿の巫女は、国中の人間たちから尊敬されていた。王族よりもはるかに敬意が払われていたように思う。母でさえ、ラヴィーシャには一目置いていたのではないか。大神官ハギスも、ラヴィーシャには敬語だった。

それになんといっても、あの博識さと、年齢がまったく不明の容姿。

「幼い頃からラヴィーシャには目をかけてもらっていたけど、改めて考えるとその理由もわからない。でもラヴィーシャは、誕生日の夜にわたしの身に起こることがわかっていたのではないかと思う」

儀式の前に足をよく洗えと言った。汚い足では、いいところへ行けないから、と。儀式のあとに訪ねると、家は完璧に片付けられていた。

「確かに知っていたのかもしれない」

キリアンはつぶやく。

「ミアを守れと言われた。もうすぐ大きな嵐が来るからって」

「いつ？」

「君の誕生日の数日前」

ミアは考え込む。ラヴィーシャと、今日会った老婆が同じ魔女だとして。ミアにかけられた呪いは、やはり、建国の話と関係のあることだったのか。

自分が生まれた時から、運命は決まっていたのだろうか。だからラヴィーシャはミアを見守り、導いてくれたのだろうか。

「キリアン」

「なに」

「さっき、あのおばあさんが言ってたこと、思い当たるの？」

キリアンが失った記憶は、本人次第で思い出すことができると。

「さあ。わからない」

キリアンは横を向く。憂いを帯びてなお、その横顔は端整で美しい。ミアはふと苦しくなって、うつむいた。

「どうした？」

「なんでもない」

「なんでもある」

キリアンはミアの顎に触れ、ひょい、と顔を上向きにさせる。

「なんでもあるって顔してる」

「……自分が身勝手だと思って」

「今さら？」

「うん。身勝手さを自覚して、落ち込んでる」

「身勝手でも落ち込む必要はない。だから言ってみな」

仕方がない。キリアンに隠し事はできない。

「あのね。十二歳頃までの記憶を、キリアンがもしも取り戻したら……」

「うん」

「どこか遠くに行ってしまう気がして苦しくなったんだ。実を言えば昔から、時々そんな不安があった」

「ミア……」

「ね、勝手でしょう。キリアンにしてみれば、記憶を取り戻したほうがいいに決まっているのに」

キリアンはなんとも言えない目でミアを見下ろす。その青い瞳の奥に揺れるものを見極めたくて、ミアは瞬きもせず彼を見つめ返す。

「どうしたの？　やっぱり呆れた？」

「馬鹿だな」

キリアンは、瞳を伏せた。

「あの老婆が俺に関して言ったことは、本当かもしれないと思い始めたよ」

「どうして」

「実は、時々朧気に記憶の片鱗のようなものが見えることがあるんだ」

ミアはどきりとした。

「うんそれで？」

「深くそのことを考えれば、思い出せそうになるけど、そこで終わってしまう。結局わからない。もしそれが自分の意志によるものだとしたら、俺の過去はあまり幸福なものじゃなかったのかもしれない。思い出さないほうが幸せだから、封印しているのかも」

「キリアンは、今幸せなの？」

ミアは真顔で聞いた。どう考えたって貧乏くじをひいている。

故郷では、有力貴族のデール侯爵の養子として、また近衛隊の一員として、将来有望な青年だった。それが、力のない王女の政略結婚に自ら志願して同行し、今度はその国に背を向けての逃亡劇に付き合わされている。

「十二歳の時から今の今まで、幸福しか感じたことはない」

かつてキリアンは、こうも言った。ミアが彼を見つけたことで、一生分の幸運を得たと。

たまらない気がした。ミアは何かを見落としている気がする。それをちゃんと見つめ直さなければ、もっとも大切なものを、今度こそ失ってしまうのではないか。

「キリアン」

「うん」

「さっき、どうして怒ったの？」

「怒った？」

「わたしが髪を切るって言った時」

「ああ」

キリアンはちらりとミアの赤い髪を見つめ、また視線を外した。

「別に。ようやく自分で梳かすようになったのに、切ったらまた子猿時代に逆戻りかと思って」

「はあ？」

眦をつり上げるミアを無視して、キリアンは立ち上がる。当然、いつものように手を差

し伸べてくれるかと思った。しかしキリアンはミアが差し出した手を一瞥(いちべつ)し、

「自分で立てよ」

そんなことを言う。ミアは仕方なく自分で立ったが、恥をかかされた気分だった。

「変なの」

ふてくされ、街の明かりを睨みつける。いつだって、並んで座って一緒の時を過ごしたあとは、先に立ったほうが相手に手を差し伸べてきた。

見えない線を引かれてしまった気がした。それがどうしたことか、思った以上に堪(こた)えている。黙り込んだミアに、キリアンは言った。

「もう寝よう。明日は早くから行動することになる」

そうして先に、戻っていってしまう。

いつからだろう。

キリアンが、ミアに対し一線を引いたのは。エドワードと結婚した時から？　そのもっと前？　わからない。

そしてどうして、自分はこのもどかしさをキリアンに伝えられず、ここで立ち尽くしているのだろう。つい最近までは、キリアンがどこかに行ってしまうのではという不安を、言葉にはできなかったけれど、態度には素直に出していた。突然抱きついたり、大好きだ

と大声で叫んだり。その都度キリアンは面倒くさそうにしながらも、応えてくれていたのだ。

ああそうか。

わたしが今、キリアンを追いかけ、背中に抱きつくことができないのは、どうしてかわからないけれど、そういうことをしてはならないからだ。時は流れ、異国の王子に嫁ぎ、その嫁ぎ先から逃げ出す事態に陥(おちい)った。もう子供ではないのだ。わたしも、キリアンも。だから今までのように、当たり前に寄りかかったり、手を差し出されるのを待ったりしてはならない。

ミアは、ふと、上着の懐からあるものを取り出した。それは櫛(くし)だ。黒檀(こくたん)でできており、飾りもなく、なんの紋様も彫られてはいないが、しっとりとした艶が美しい。

十六の誕生日の夜、キリアンがくれたものだ。

思い入れがあるものも、ないものも、ほとんどすべて、グリフィスに置いてきた。祖母のグリンダからもらい、ずっと愛用していた、小型のナイフさえも。

ただ、この櫛と、ラヴィーシャが唯一残した小さな袋だけは身につけていたため、持ち出せた。

手のひらにすっぽりと収まる櫛を見下ろして、ミアはさらに考える。

どうしてキリアンが櫛をくれたのか。出会った頃から、何度となく、彼が髪を梳かしてくれた。でももう、互いに大人になった。これからは自分で梳かせということだったのか……そうか。あの日が境だったのかもしれない。

ミアは理解し、黒檀の櫛を、再び胸の内側にそっとしまい込んだ。

ミアから離れて、キリアンは己の手のひらをぼんやりと見下ろした。

ミアの手を取れば、さらに多くを望んでしまう自分がいる。抱き寄せて、抱擁し、髪に触れ、なめらかな頬に触れる。かつては普通に彼女の体温を知っていた。髪を梳かし、背中に飛びつかれた時は好きにさせていた。

『ミカエラに惚れてはならない』

『あなたはミカエラに遅刻をさせてしまう』

かつて、ラヴィーシャにそう釘をさされた。思えばあの時から、少しずつ距離を取るように意識した。

キリアンは森の巫女を尊敬してはいたが、彼女の言うことすべてに従うほど従順ではない。それなのに、気持ちに制御をかけた。ミアがレイトリンの王女で、自分は出自が知れぬ者という負い目もあった。しかし、決定的だったのは、ミア自身の気持ちだろう。

ミアはグリフィスの王子に恋をした。毎日農作業で泥だらけ、手足や顔の汚れ、身だしなみにも頓着しなかった娘が、会うたびに驚くほど美しくなっていった。呪いや、母女王の策略のせいでエドワード王子のもとを去ることになったが、あの一途な娘が、まだ王子に心を残していることはわかりきっている。

キリアンはミアが幼い頃から、彼女のもつれた髪を梳いてやったが、エドワードは、出会って数日で、ミアが自分で髪を梳くまでに彼女を変えた。

『駄目だ』

自分でも思いのほか強く、彼女が髪を切ることに反対した。動揺したためだ。

『キリアン、あのね。お願いがあるんだ……』

ミアは覚えているだろうか。キリアンが彼女の髪を最初に梳いた日のことを。

あれは、出会ってから十ヶ月ほど経った初秋の出来事だった。

記憶をなくした状態で、禁断の森の奥でミアに助けられたキリアンは、レイトリンのデール侯爵の養子となるまでは、森の巫女ラヴィーシャの預かりとなっていた。必然、ラヴィーシャの教え子であったミアとは頻繁に会い、森で長い時間を一緒に過ごす機会も多かった。

ミアは王女で、王城の外れの塔に居室を与えられてはいたが、その生活は農民や狩人の娘と変わらないものだった。実際、彼女は年の三分の一は祖母のグリンダの家で寝起きをし、ドレスではなく男物の衣服を着て、刺繍針ではなく弓矢を手にし、よくキリアンを誘いに訪れた。

キリアンは正直、最初の頃、ミアを少し苦手に思っていた。十二歳頃までの記憶をなくしてはいたが、物事への好悪は身にしみついており、身の回りのことがきちんとしていなければどうにも居心地が悪かった。自分が身につける衣類はもちろん、寝具も清潔なものでなければ我慢ならなかった。朝起きて髪を整えず外出するなどもってのほかだったし、外で草や土の上に寝転ぶことも信じられない。その真逆にいたのが、野生児のミアだ。

ミアはとことん身だしなみに無頓着な娘で、祖母や侍女のおかげで衣類は清潔なものを身につけていたものの、半日森で遊べばだいたい上着かズボンのどこかにひっかき傷やカギ裂きを作った。癖が強い赤毛は毎朝櫛を入れても、夕方にはもつれて広がり、さまざまな種類の葉っぱがついている。一度など、髪の中からキノコが現れたことがあって、あれにはたいそう驚いた。

自分の命を救ってくれた娘ではあるが、なんなんだこいつ、と思うことのほうが多かった。キリアンがミアの粗暴さに嫌な顔をしても彼女はめげずに現れて、強引に森へ連れ出し、洗ってもいない木の実やベリーを食べさせた。

　擦り傷を作ってもその場で調達した薬草をくちゃくちゃと噛んで適当に湿布をし、あらゆる虫も恐れず、小川に直接口をつけて美味そうに水を飲み、凶暴なイノシシとスリングひとつで格闘した。そんなミアと付き合ううちに、キリアンは徐々に森での生活に慣れ、半年後には草の上に直接寝転んで星を数えられるまでに進歩した。

　そして、あの秋の日。珍しくミアが数日来ないので、キリアンのほうから彼女に会いに出かけた。まずは村のグリンダの家に行ったが、そこにも最近来ていないと言われた。その頃キリアンは、王城に自由に入れる身分ではなかった。仕方なく、森を探してみることにした。すると小川のほとりに、彼女の姿を見つけた。

「ミア」

　キリアンは自分がひどくほっとしているのを自覚した。この時点ですでに、子猿のような年下の少女の存在は、かなり大きくなっていたのだ。しかし、水辺に小さく座り込む彼女の顔を見た時、はっと胸に痛みが生じた。

　いつもの彼女ではなかった。暗く打ち沈み、緑色の大きな瞳はどこかぼんやりとしていた。いったいどうしたのかと、問うより先に、

「キリアン。いいところに来た。あのね、お願いがあるんだ」

と、彼女は言った。

「これで、ひと思いにやっちゃってくれない?」

差し出されたのは、ナイフだった。キリアンは当然のことながら、驚いた。

「殺せってこと?」

するとミアは首を振った。大真面目な顔をして。

「まさかそんな、もったいない。命はひとつしかないんだよ。大事にしろって、いつもおばあちゃんに言われてる」

「じゃあ、なに」

「これでわたしの髪を切ってくれってこと」

「……髪?」

その日のミアの髪は、いつにも増してぼさぼさにもつれていた。

「短く切る……ううん、いっそ坊主になりたいの」

坊主頭のミアを想像し、キリアンはちょっと押し黙った。

「いやいや、いくらなんでも」

「こんな髪いらない。もしもこんな色じゃなかったら……」

ミアは何かを言いかけ、口をつぐむと、思いつめた顔で川を見やった。なるほど、どうして川をのぞき込んでいるのかと思ったが、そこに映る自分の顔を見ていたらしい。

「自分でやろうと思ったんだけど、後ろとか難しいもん。だからキリアンが来てくれてよかった」

「断る」

キリアンは即答したが、ミアが非常に傷ついた顔をしたので、慌てた。

「まずは説明して。なんで髪を切ろうと思ったわけ」

「不吉だから」

「不吉？」

ミアは眉をさらに寄せて、こくんとうなずいた。

「誰に言われた？」

「……母上」

ミアの母とは、レイトリンのカイラ女王だ。キリアンも遠目にしか見たことはなかったが、ミアとは全然似ていない。

「先週くらいに、城の前庭で、偶然会って」

話によれば、実の母だというのに、ミアがカイラを間近で見たのはこの時が初めてだったらしい。当然、カイラのほうもそうだった。自分が産んだ娘にもかかわらず、夏でも暗

く寒い北の塔に追いやり、年老いた侍女ひとりに面倒をみさせてきた。カイラは、だから

その時初めてミアをじっくりと見たのだろう。九歳の少女に成長した娘を。

そして、言った。

『なんと醜い子供か。忌まわしい髪色をして』

「嫌われてるのは知ってたけど、原因はわからなかった。でももしかしたら、この髪のせいかもしれないと思って」

それで切ることを決めたのだという。

「馬鹿だな！」

キリアンは思わず強く言った。ミアが怯んだような顔をしたので、さらに苛立つ。

「髪のせいなんかじゃない。女王には人としての心がないだけだ」

「でも、でもさ」

大きな瞳に、みるみる涙が盛り上がる。キリアンは舌打ちして、ミアを立たせると、腕をつかんだ。

「行こう」

「どこに」

「俺がなんとかしてやる」

そうしてキリアンは、ミアをラヴィーシャの小屋へ連れていった。ラヴィーシャは神殿に行っており留守だったが、勝手に椿油(つばきあぶら)を拝借して、ミアを座らせ、彼女の髪を梳いてやった。もつれた髪は、時間がかかったものの、丁寧に少しずつつくしけずると、艶を取り戻した。キリアンは、鏡を見て嬉しそうな顔をする彼女に言った。

「不吉な色なんかじゃない」

「本当?」

「ああ」

「キリアンは、嫌じゃない?」

「……ここの裏手の土手に、夏前くらいに珍しいフウロソウが咲いてたの、知ってる?」

「ううん」

フウロソウは白や紫が主流だが、土手に咲いていたのは濃紅色だった。鮮やかな赤い色も、花弁が薄く柔らかいので、風に吹かれる様子は可憐で目に優しかった。

「その花の色と同じだよ。俺は、嫌いじゃない」

「見てみたい」

「来年、また咲いたら一緒に見よう」

「うん」

キリアンはミアの髪に触れ、鏡越しに彼女に言った。

「梳かすのが苦手なら、俺がやってやる。だから二度と、自分を貶めるな」

「貶める……？」

キリアンはミアの横に座ると、彼女の両肩をつかんで自分のほうに向かせた。

「自分で自分を卑下すること。自分を卑下する者が、他人に敬われるわけがない」

ミアは目を見開き、黙り込んだ。しかしやがて、こっくりと「うん」とうなずいた。キリアンは嘆息し、優しく言った。

「髪は切るな。どんなにもつれてもちゃんと梳かして、顔を上げて堂々としなよ。忌まわしくなんかない。君はさ……、綺麗だから」

幼かった。ミアも、キリアンも。男女の情などあるはずもない。それでもキリアンはこの時すでに、ミアを傷つける者は許せないと思ったのだ。また、自分は記憶をなくし、何者かもわからないが、己の中に確かに存在する矜持というものがあって、それを失うわけにはいかないとも思っていた。根拠がわからないものの如実に存在する矜持と、目の前にいる天真爛漫な少女だけが、キリアンにとって確かなものだった。

「わかった」

ミアはうなずき、はにかんだ様子で笑った。初めて会った時には欠けていた歯が、いつの間にか生え揃(そろ)っていた。

「キリアンがそう言ってくれるなら、坊主にはならない」

キリアンは、思わず笑った。ミアのことだから、本気で坊主になろうとしていたに違いないと。

翌年の夏、一緒に神殿の裏の土手に行ってみたが、赤いフウロソウを見つけることはできなかった。時が流れ、その約束は果たされぬまま、どちらも大人になり、ミアは他の男に嫁いだ。それでもキリアンは、彼女の艶やかな髪を見るたびに、あの日を思い出すのだ。

3

ローンウッド王国の北、レイトリンの南端の山と国境を接するマルトは、ごく普通の城下町だ。これまでミアたち一行はグリフィスからの追手を逃れ、山野を選んで移動してきた。しかし国境を越えるには、このマルトを通過しなければならない。

「……あのう。僕たち本当に大丈夫なんでしょうか」

不安げな声を発したのはルイスだ。

「しっ」

とすぐさま、隣に座って馬車に揺られるジークにたしなめられる。

「僕じゃなくて、わたし、もしくはわたくし、でしょ」

「い、いや、でも、さすがに無理があるっていうか」

ルイスの目はきょときょと左右に動く。それも無理もない。ルイスは巫女のマントをすっぽりと頭からかぶらされていた。

一行は巡礼で大陸を旅する巫女たちとその護衛にあたる神兵。そういう設定だ。

「大男と色男、それから赤い髪の王女様がお尋ね者になってんのよ。あんたが一番悪目立ちするんだから、大人しく聖典でも暗唱してなさい」

「はあ」

確かにルイスは大柄だが、マントで全身を覆い荷台に座っていれば、そう目立ちはしない。ジークも同様だ。むしろ目元の色っぽさが増して、本人も楽しむ気満々であることがわかる。

一方で、ミアとハンナは男装して神兵に扮した。こちらも頭部は布で覆い、全身を白のゆったりした装束で包み、剣を佩(は)いている。

現代、大陸のあちらこちらでは、戦争や飢餓(きが)により、人民の心は荒(すさ)んでいる。神に助けを求める者たちのために、神職にある者が巡礼の旅に出るのはごく日常的な風景だったし、ならず者で治安が悪化している街道もあるため、巫女たちが護衛として神兵を伴うのも珍しくはなかった。

実際、マルトに入る門前には、ミアたちのほかにも、巡礼の一団がちらほらと見受けられた。その城門は、あらかじめ偽造して用意しておいた巡礼者専用の通行証で無事通過できている。

それにしても。

見事な手綱(たづな)さばきで馬車を走らせる御者台の侍女に、ミアは笑いを抑えきれない。

「ハンナってば、男前すぎるでしょ」

ハンナは太い眉をぴくりと動かして、野太い声で答える。

「惚れないでくださいよ」

「いや惚れそう」

「王……いえ、貴方(あなた)様だって相当、いい男風ですぜ」

「やっぱり？　自分で自分に惚れそう」

わはは、とハンナが素の声で笑いかけ、慌ててしかめ面(つら)に戻る。

ミアもハンナも完全な神兵に扮し、御者台に並んで座っている。

「でもやっぱりあのお方には負けまっせ、我々は」

「ほんと」

ミアも口をへの字に曲げて、荷台の一番後ろに涼しい顔をして寄りかかる幼馴染みを見やった。

キリアンも、ルイスたちと同様に女装している。胸につめものをして、白い衣を身にまとっているのだ。

どこからどう見ても美しい巫女だ。そう言うと絶対に怒るから言わなかったけれど、目元しか出していないのに、ふとした時の眼差し(まなざ)しや佇まいが美女そのものなのだ。

「女として自信なくす」

「ほんとですよ」

ミアとハンナは、揃ってため息を落としたのだった。

ローンウッドに入って市街地に足を踏み入れたのは、これが初めてだ。一行はあらかじめジークが調べていた教会を目指した。国境の街に活気はなく、どことなく全体が埃(ほこり)っぽい。朝のまだ早い時間だったが市場は閑散(かんさん)とし、浮浪児のような者たちも目立った。道行く人々は暗い顔をして、栄養状態も悪そうだ。

どうしても、つい先日まで滞在していたグリフィスの王都と比べてしまう。あの国は想像以上に豊かだった。気候や地形に恵まれ、農作物は毎年おおむね豊作で、有利な条件で諸外国と交易し、市井の隅々にまで恵まれた暮らしが約束されていた。

国が違うと、これほどまでの差異がある。レイトリンも貧しい国だが、この国も苦しい生活を強いられている者で溢れているのだ。

ミアたちはそんな街の様子を確かめながら、目指す教会に到達した。教会はうら寂れた目立たない建物で、年老いた司祭はすんなりとミアたち一行を受け入れてくれた。簡素な聖堂と、中庭を挟んで宿舎が併設されている。

この教会を選んだのにはいくつか理由があった。まず、レイトリンへの出入り口を兼ねるマルト城まで比較的近い。ほどよく寂れていて人の出入りが少ない。裏手が林になっており、いざという時に逃走路を確保できる。司祭が弱視で耳も遠く、数人いる僧侶たちは世相に疎く、お布施を少々はずめば、数日は静かに滞在できる。

その数日の間に、マルト城を無事に抜ける方法を得なければならない。

宿舎の窓からは、城の尖塔が望める。城は渓谷の傾斜を利用し建てられており、レイトリンの領土に続く山道に入るには、城の真下にある狭い谷あいの道を通らねばならない。当然ながら、そこにはローンウッドの兵士がたくさんいて、正式な通行証なしに通ることはできないし、身体、荷車の荷まで詳しく検分が行われるということだった。

「買収しかないでしょうね」

簡素な狭い寝台が並ぶ部屋で、ジークが言う。

「これで足りる？」

ミアは腕輪をジークに渡す。細いが純金製だ。

「大丈夫でしょう」

「ローンウッドの兵士が買収などされるか？」

キリアンにもっともなことを聞かれ、ジークは肩をすくめた。

「あんたも知ってるでしょう。この国は我がレイトリンと同様に貧しいのよ。貧しい国は、国境の兵士たちだって家族を養うのに苦労している。魔が差すこともあるってもの。誰だって異国の王女への関心より、明日のパンが大事なんだから」

ローンウッドの冬はレイトリンほど厳しくはない。しかし、国土のほとんどは切り立った崖や渓谷で、有効な耕作地が少ないのはレイトリンと同じ。レイトリンはまだ牧畜、水産の利を得られるが、この国のおもな資源は産出量が芳しくない銅山、採石、林業に限られる。小麦どころか大麦やライ麦だって、レイトリンの六割ほどしかとれないのだ。

辺境の城下町とはいえ、人々に生気はなかった。市場は閑散とし、売り物も少ない。そんな中、司祭がふるまってくれた食事を、一行は先程食べたばかりだ。古くて硬いパンと薄いスープ。酸(す)っぱいワインに、チーズがほんの少し。

屋根のある場所で、清潔な食器に盛られたものが食べられるだけでもありがたい。また、ベッドで眠ることができるのも。

疲れのためか、ミアはその日、早々に眠りに落ちた。安全が約束されているわけでもなく、逃避行は終わっていないのに、狭いベッドに倒れ込むなり、泥のように深く眠った。


鳥が飛んでいる——。

白い、鷹(たか)に似た鳥が頭上を旋回している。夜で、星もなく、ただ丸い月だけが明るくしらじらと周囲を照らし出している。

白い獣や鳥は、ミアを導く者だ。故郷の禁断の森で、夜の王とも呼ばれる神獣ダグ・ナグルと会ってから、ずっとそうだった。

本来は狼のはずなのに、ナグルは姿を変える。狐になったり、フクロウになったり。森の奥から静かにミアを見ていることもあれば、逃げる際の道案内となったり、時には夢の中にまで出てくるのだ。

前回は、刺客によって傷を負い、寝込んだ時の夢に出てきた。そして今は、どういった意味合いの夢だろう。

そう、これは夢だ。ミアはどこかの森の中にいて、白い夜着を着ている。髪はおろし、素足だ。

鳥はまだ空を飛んでいる。ちょうどその真下あたりの場所に、焚き火が燃えていた。フードをかぶった者たちが五人いて、小声で何かを話し合っている。

ぱちぱちと火が爆ぜる向こうにいる人物が、フードを肩に落とした。ろうたけた白い顔に、艶やかな金色の髪が波打っている。手のひらにいくつかの小石を乗せていて、それを地面にばらまくと、ぴん、とひとつを弾いた。

「わたしは反対だ。あの者を封印すれば、時間軸にひずみが生じよう。それは先々、世界に混乱を生む」

「ではいっそ殺してしまえばいいのでは？」

別の女が言った。ミアの位置からでは、顔はわからないが、夜目にも真っ赤な唇が見える。

「殺す必要はない」

と、最初の女が言った。

「あの者は愚かで、心弱かっただけだ。望むことは多くはないはず」

「でも、遅刻した」

と、赤い唇の女が蔑むように言う。遅刻という言葉に、ミアはどきりとする。

「遅刻し、神を恨み、世界を呪っている。殺したほうが禍根が残らぬ」

別の女が、いや、と異を唱える。

「殺すより、封印がよい。千年も封印すれば、思念も肉体も、千年樹に吸収されよう。力を封じ、手足を断てばなおよい」

「それはまた残酷な」

赤い唇の女が、くつくつと笑った。その嫌な笑い方は、覚えがある。すると、

「遅刻は確かに許されぬ」

最後に口を開いた女の声に、ミアは驚愕した。

「だが強力な封印は大きなひずみを生む。あの者はすでにじゅうぶんに遅刻の代償を払った。殺すのも、封印するのも反対だ。任せてくれるなら、わたくしが生涯面倒をみる」

その声には、確かに聞き覚えがあった。

『遅刻はするな』

「……ラヴィーシャ！」

ミアが飛び出したのと、正面の女が小石をさらにばらまいたのは同時。石と石がぶつかって硬質な音を立て、青灰色の光が散らばった。正面の女と目が合う。若く美しい女。ミ

アは彼女にすでに会っている。数日前、森で遭遇したあの老婆だ。

そして、こちらに背を向けて座っていた別の女が、ゆっくりと振り向いた。

焚き火を背にしたため、顔がわからない。フードの下の髪も、顔も、わからない。でも絶対にそうだ。

「ラヴィーシャ、どうして……」

ピューっと高い音が響いた。あの白い鳥だ。一声鳴いて急降下してくると、ミアの頭上でうるさく羽音を立てた。星を閉じ込めた夜の空と同じ双眸が、間近でミアを睨みつける。

（起きろ！）

と頭の中で声がした。突風が吹いて、車座になっていた女たちの姿が霧散する。小石が互いにぶつかりながら飛んでゆき、木々が激しく左右に揺れた。ミアは空を見上げ、息をのむ。太い、緑の光の帯が生じている。それが空の彼方で千切れ、闇にのみ込まれてゆく。急速に広がる闇は、光の帯のみならず、木々や、千切れて乱れ飛ぶ葉、石、なんでものみ込んでゆく。

時間のひずみだ、と瞬時に理解した。あの闇にのみ込まれてはならない。

必死に走ろうとしても、手足が思うように動かない。白い鳥もいつの間にか消えている。

強風が吹き荒れる中、ミアはもがいたが、ちっとも前に進まず、途方に暮れた。

夢だとわかっているのに、そこから覚める方法がわからなかった。

しかし、

「ミア、起きて」

しっかりとした声が聞こえ、体が大きくゆすられた。

目を開けたとたん、キリアンの顔があった。

嫌な汗をかいている。深く息を吐いて、頭を左右に軽く振る。

「……どうしたの。まさか追手？」

切羽詰まった気配を感じ、問うと、キリアンは言った。

「起きて、支度して」

逃亡中のため、ブーツは履（は）いたままだったし、荷物はすぐ持ち出せるようになっている。

ミアは無言でうなずき、急いでベッドから下りた。先に起き出していたらしいハンナが、すかさずマントをはおらせてくれる。

ジークとルイスは窓から外をうかがっていた。

明かりがちらちらと揺れながら、こちらに近づいてくるのが見えた。

「あんの狸爺（たぬきじじい）、ワタシたちを売ったのかもしれませんわ」

狸爺とは、老司祭のことだろう。しかし、ミアたちも兵士を買収するつもりでいた。この状況下では、結局、誰も信用はできない。

「……まずいわ。けっこうな人数よ」

足音や明かりの数は、確かにそう物語っている。聖堂のほうで扉を派手に開ける音や、人の声も聞こえ始めた。

ここに踏み込んでくるのは時間の問題だ。

「ミア。先に、林に逃げろ」

キリアンが言った。

「駄目よ。一緒に行動しないと」

「俺とジークだけだったら、追手を攪乱(かくらん)して逃げることもできる。待ち合わせ場所で、一刻の後に会おう」

ここで別れることに不安はあるが、キリアンの言うことはもっともだ。

「……わかった」

ミアはハンナ、ルイスと共に、あらかじめ確保しておいた逃走路を使うことを決めた。荷物と武器を手に部屋から出て、宿舎の通用口から裏手の林へと出る。この林は通りに面していない。林を抜けると小川があり、渓谷に出る。その渓谷を小川伝いに迂回(うかい)すると、市街地の端に戻ることがわかっていた。

待ち合わせ場所は、無人の水車小屋だ。素早く移動する必要がある。

「王女様、お早く」

ルイスが先導で、ハンナと共に林に入った。腐葉土が厚く積もり、足音は消される。遠ざかる宿舎のほうから、剣がぶつかり合う音が聞こえ始めたが、歯を食いしばって振り返らない。とにかく必死に走り続ける。

キリアンもジークも強い。きっと逃げ出せる。ミアたちがつかまれば、逆に彼らの足を引っ張る。しかし。

「……ルイス！」

ミアは小さく叫んだ。左右の木々の向こうに、黒い人影が走ったからだ。それもひとりではない、数人の影が。

ミアたちは息をのんで立ち止まった。読まれていたのだ。

木の陰から、ローンウッドの兵士と思しき男たちがふたり、現れた。彼らよりも、ミアは最後に現れた男に目を奪われる。

正面に立つその男は、まだ若い。おそらくミアより少し上くらい。兵士たちと違い、甲冑は身につけていない。背が高く、全身白ずくめの装束だ。ゆるく束ねられた長い髪も白髪で、月光の下、うっすらと淡い光を放っている。肌も異様に白く、唇にも色はない。人形のような目が瞬きもせずミアに据えられている。

表情も、装束も、まるで死人のようだ。それでいて、確かな殺気をみなぎらせている。気を抜けば殺される。彼が携えている鋭い剣も、そのことを物語っていた。

ルイスも慌ただしく剣を構え、ミアを背後に隠すようにする。しかし見逃されるはずはなかった。

「グリフィスの王子妃様か？」

兵士のひとりが言った。

「ご同行願いたい」

「そんなわけにいかないでしょう」

ハンナが呆れた声で返す。

「そこを通しなさい」

「無理ですな」

うおお、と声をあげ、ルイスが兵士に突撃する。

「ミカエラ様、お逃げください！」

しかし、行く手はルイスと屈強な兵士ふたり、それにもうひとりまだ動かないが謎の青年、退けばより大勢の兵士とキリアンたちの格闘する場へ出てしまう。

ルイスは早くも押され気味で、彼が敵の剣に倒れるのは時間の問題だ。仕方がない。ルイスは従者であり、兵士ではない。剣の鍛錬だって、始めたばかりだったのだ。

まだ、ミアのほうがマシだろう。

「ルイス、そこどいて！」

言うなり、ミアは先頭の兵士に飛び蹴りをくらわした。兵士は驚愕の表情を浮かべて後方によろめいた。もうひとりが飛びかかってこようとするのを、体を低くしてかわす。ついでに肘をみぞおちに深く沈め、ゆるんだ手元を強く叩いて剣を落とし、その剣を拾うとひとりの兵士の喉元に背後から刀身を押し当てる。

「そんな」

と彼はうめいた。まだ若いようだ。ミアは呆然としているもうひとりの兵士ではなく、正面に立つ青年に言った。

「そこを動かないで。もし少しでも動いたら、この者の喉を切る」

人を殺したことはない。もちろんはったりだった。それを見抜かれたのか、青年は無情にも動いた。ミアは咄嗟に兵士を突き飛ばし、間髪容れず振り下ろされた青年の剣から、かろうじて逃れた。

後方に飛び退り、上空に構えた剣に、次の一手が振り下ろされる。なんという速さと、力。腕の痺れに怯む間もなく、さらに一手。力の差は歴然で、相手の攻撃から逃げるだけで精一杯だ。それでも、ここで斬られればハンナやルイスも殺される。退くわけにはいかず、なんとか勝機を得ようと、ひたすら剣を受け止め、あるいは繰り出した。引いて、逃げると見せかけて、回転をかけ、素早く相手の懐めがけて斬り込む。しかし手は完全に読まれ、彼の髪の毛一本すら、斬ることはできない。一方で、ミアの頬は相手の剣の切っ先にえぐられ、鮮血が散った。

「……ミカエラ様！」

ハンナが悲鳴のように叫ぶ。ルイスの咆哮も聞こえた。ミアはひたすら、自分の鼓動の音を聞く。

青年は殺気をみなぎらせており、次の一手をくらえば確実に死ぬ予感があった。全身から発せられるのは、憎しみと、それから虚無感だ。幾度目かに斬り結んだ時、相手の目を間近に見た。夜のせいではっきりとしなかったが、その瞳の色は美しい青灰色だった。どこかで見た色だ。死の攻防の最中、ミアは必死に記憶をたどる。どこで見た色？

空気を引き裂いた剣の切っ先が、ミアの心の臓を狙い、辛くも逃れたが、凶器はそのまま勢いを失わず左腕に深く斬りつけられる。低くうめき、足元が崩れた。ミアは転倒し、

青年が大きく剣を振りかぶる様を見上げていた。すると、

「……お引きください！」

あろうことか、先程ミアが封じた兵士が声を張り上げ、ミアと青年との間に割って入ってきた。

青年は宙で剣を止めた。兵士はほっとした様子でミアを振り返った。

「誤解されています、妃殿下」

と彼は言った。ミアは流血した腕を押さえながら、ハンナに支えられて立ち上がる。

「誤解？」

「マルト城主であるカールソン伯爵は、貴女様をとらえるために我々を派遣したのではありません」

「どういうこと」

「伯爵は、貴女様と交渉がしたい、と申しております」

「交渉？」

「条件次第では、国境をお通ししても構わない、と」

ミアはハンナやルイスと顔を見合わせた。ハンナが、くわっと歯をむく。

「その割にはずいぶんな出迎え方法じゃありませんか。王女様は負傷された」

責めるように、兵士たちの背後に立つ青年を睨みつける。兵士は恐縮しきった様子で地面に膝をついて頭を垂れた。

「申し訳ございません。伯爵の意図された流れではございませぬ。どうかお許しいただき、城で手当てをお受けください」

青年は剣を収めたが、なお悪びれる様子もない。ミアはじっと彼を見つめた。

「確かに激しい歓待だわ」

青年は答えない。すると兵士が代わりに言った。

「この御方は口がきけませぬ。どうか、それも含めてお許しください」

口がきけない？　だからといって、突然殺意を向けられて好意的な態度を取れるはずもない。ただ、兵に止められると引いたのも事実。もしかしたら、こちらの力量をはかられたのかもしれない。あっさり負けるようなら、もちろん実際に死んでいた。

「それで？」

ミアは瞳を光らせ、挑戦的に聞いた。

「わたしは、招きに値する人間だと、判断がついたの？」

青年はつかの間ミアと見つめ合う。感情の読めない青灰色の瞳。ミアはすでに、彼の瞳の色をどこで見たか思い出している。

昨夜、老婆が弾いたあの小石だ。

彼は、質問には答えなかった。もちろん口がきけないなら当たり前だ。それでも、うなずくことも首を振ることもせず、先にその場を離れていってしまう。

「呆れた。いったい何様なの？」

ハンナの言葉に、ルイスも同意する。

「王女様。こいつらの言うことを信じるんですか。罠に決まってますよ」

「でもどうやら、他に選択肢はないわ」

背後の宿舎は、すでに静まり返っている。キリアンたちはどうなったのか。

兵士に宿舎のほうへと促(うなが)され、ミアは仕方なく、今逃げてきた道へと踵(きびす)を返した。

そうして戻ってみれば、建物の外に、思っていたより大勢の兵士たちがいた。彼らと対峙(たいじ)するように、キリアンとジークが剣を構えたまま立っている。

兵士の多くは負傷し、激しいやり取りがあったことが想像できる。彼らはミアが近づくと、いっせいにこちらを見た。

いち早くキリアンがやってきて、ミアの頬に触れ、左腕を取る。

「斬られたのか？」

瞳が怒りの色を帯びる。

「大丈夫だから。それよりも、どういった状況？」

「ミカエラ妃殿下」

　兵士たちの中央にいた年配の男がひとり、進み出てきた。

「妃殿下は、賢いお方です。我々はことを荒立てるつもりはない。どうか伯爵にお会いください」

　確かに、ここで抵抗しても、兵士の数からして、勝ち目は薄い。

「……従者を誰も傷つけないと約束してくれるなら」

　ミアはただ、それだけを言った。

4

　石造りの城は暗く、中に入るとひんやりとした空気が肌をさした。しかし案内に続いて階段を上ってゆくと、明かりが増え、生活の温かみのようなものが陰鬱な気配を払拭した。

　大きな窓から、渓谷と滝が一望できる。マルト城の大広間で、ミアはこの城の主と対面した。

「お目にかかれて光栄です。妃殿下」

カールソン伯爵は痩せた男で、年齢はおそらく五十歳手前くらい。茶色い頭髪と白いものが目立つあごひげをたくわえている。ミアを見る目には抜け目のなさそうな光があった。ミアはひとりだ。城に入ってすぐに手当ても受けた。護衛や侍女、従者は階下の別室で控えさせられている。

少し緊張していたが、丁寧にお辞儀をした。

「某国からは追われる身ゆえ、どうかミカエラと。カールソン伯爵」

伯爵はうなずいた。

「では、ミカエラ王女。行き違いがあり、お怪我をさせてしまい、申し訳なく思う」

この男の真意はどこにあるのか。ミアは真顔で返す。

「この怪我の代償は請求いたします」

伯爵は、おや、という顔をした。ちらりと王女としての体面を考えたが、路銀のほうが大切だ。ミアたちは今、ほぼ一文無しである。

「もちろんでございます。なんでもお申しつけください」

ミアはそこで、初めてにこりと笑ってみせた。

「では、怪我の功名ということで。実はこちらも、思いがけずなんの策略もなく城の中に入ることができ、好都合ではありました」

　伯爵はさらに目をみはった。

「わたしがあなたを売り渡すとは考えないのですか」

「売り渡すのですか？」

「いや」

「では、考えません。伯爵はわたしたちをしばらく休ませたのち、きっと、レイトリンへの門を開いてくださるはず」

「なぜそう思われる」

「巫女に会ったからです」

　ミアが言うと、伯爵は目を細める。

「ほう」

「伯爵はきっと、わたしがこちらの国に迂回するために足を踏み入れた時から、動向をご存じだったのですね。それでご丁寧にも、巫女を使いによこしてくださった。間違っても危険な渓谷を経由する道をとらないように」

「バレましたか」

「わかったのはついさっきです。それまでは本当に、山奥に隠れ住む謎の老婆だと思ってました。でも、あの方はおそらく、ローンウッドでも身分ある巫女のおひとりでしょう」

「まさに。あなたの推察通りです」

伯爵は感心した様子でうなずいた。

「レイトリンの第一王女は、どうやらとても賢いお方のようですな」

「生きる知恵は身についていると思います。あと、人を見る目も」

ミアは伯爵を正面から見据えた。

「あなたはわたしを売り渡さない。位の高い巫女を派遣し、無事に国境を通過させようと心を砕いてくださる」

「まさしく」

伯爵は口ひげを撫でながらうなずいた。

「なぜです?」

今度はミアが質問する番だった。昨夜の老婆のことに思いあたってから、どうやら無事にここを通過できそうだと思った。それは喜ばしいが、動機がわからない。

「グリフィスから、わたしをとらえて引き渡すよう要請が来ているのでは?」

「来ておりますね」

伯爵は認め、ミアを椅子に座るように促した。窓辺に設えられた席には茶のポットと、茶菓子がいくつか並んでいる。ミアと伯爵は向かい合って座った。

「今年の冬もたいそう厳しかった」

伯爵は湯気を立てる茶をカップに注ぎ分けながら言った。

「しかしレイトリンの比ではないでしょう。年々、寒波の激しさは増している」

「そうですね」

ミアはつぶやくように答える。今年の冬は、グリフィスにいた。冬でも陽光が降り注ぎ、植物が育ち、花や果実が途絶えることのない、あの豊かな国に。

けれどもミアは決して幸せではなかった。極寒の故郷が恋しく、凍てつく森を駆け回りたかった。

「年によっては深刻な飢饉が起こりえます」

「それはこの国も同じですよ。地形的にも、地質的にも、自給自足は難しい。国民を飢えさせないようにするためにはどうしても輸入に頼らざるを得ませんが、そうなると、列強の顔色を窺わなくてはならなくなる。どんなに不利な条件でも輸入作物が途絶えればこの国は終わる」

伯爵は皮肉な微笑を浮かべた。

「あなたを売り渡し、数年の食料を得たところで、何が変わりましょう」

ミアは少し考える。ミアの母、女王カイラは、その数年の食料と引き換えに娘を売ったのだ。

「では伯爵は、他に考えがおありなのですね」

「あなたは建国の説話をどこまで信じますか」

突然、伯爵はそう聞いた。ミアは少し考えて答える。

「おおむねは」

「ほう。なぜです。総じて建国記というのは物語味を帯びて、幼児でも理解できるように脚色されるもの」

「六人の魔女それぞれの言動には諸説ありますが、大神イデスが大地を五つに割譲し、ひとりがあぶれて封印されたという大まかな筋はそのとおりだったかと」

「神や魔女を信じますか」

「信じる信じない以前に……存在する」

幼い頃、ミアこそ、神や魔女、妖精の存在に懐疑的だった。あまりにも過酷(かこく)な環境で生きなければならなかったからだ。命をつなぐことができたのも、祖母グリンダの現実に根ざした知恵の恩恵にほかならなかった。

だから伝説の白い狼、森の神や夜の王とも呼ばれる存在に会いに行った。そうして、会うことができたのだ。ダグ・ナグルに……そして今も、どこの国にいても、あの狼の存在を身近に感じる。

昨夜の夢もそうだ。

「先日、伯爵が遣わしてくださった巫女は、なんという方ですか？」

ミアが問うと、伯爵は静かな声で答える。

「ザーラと名乗っています」

「ザーラ……」

「名前で呼ぶことはそうないですが。我々は、谷の巫女と呼んでいます」

ミアはうなずいた。

「その谷の巫女は、わたしに自分は魔女だと言いました。もしも彼女が魔女だとしたら、わたし自身、長年その魔女と同一の存在に助けられて生きてきました」

レイトリンの森の巫女ラヴィーシャも、やはり魔女だったのだろう。そうだとしたら、さまざまな不思議が腑に落ちる。

「神も、魔女も、確かに存在する」

「では話が早い。わたしは、五王国の割譲そのものが不公平だったと思う者のひとりなのですよ」

伯爵はしっかりとした声で言った。

「この大陸は東西南北で風土による格差が大きいのに、それを五つに割譲するなど。その不公平をならすために皇帝を選出し、五王国を束ねると同時に交易を管理し、一国が天災や災害で苦しむ時には互いに助け合うよう采配をふるう、そのような制度だった」

それは確かなことだ。そもそも国の不公平感は争いを生みやすく、平和な世を保つのは難しい。王国間の緩衝と調停が皇帝のおもな役割だった。黄金の穀倉地帯ヌーサを皇帝が直轄していたのも、食糧難にあえぐ国に融通するためだ。

しかしその皇帝は、帝都やヌーサごと没した。

「グリフィスは新たな選帝会議を近々取り仕切るでしょう」

ミアは眉を寄せる。

「それは真の話だったのですか」

グリフィスにいた頃、その噂は何度か耳にした。

「選帝会議は、ただし、グリフィスに都合のよいものになるでしょう。ナハティールがイバラに沈んでいることを理由に、帝都そのものさえ、グリフィスの王都オルセールに遷都する可能性もある」

「まさか」

「グリフィスに怖いものはない。ここ百年、彼の国の勢いはとまることなく、大陸の軍事、経済両方の手綱を握り続けているのですから」

「カールソン伯爵は、それをよしとしないのですね」

「いかにも」

「グスターフ王も同じお考えですか？」

　ローンウッドの王、グスターフは高齢で、ここから離れた首都ヘンデリックの王城からほとんど出ないと聞いている。弱小国ゆえか戦は好まず、かといって内需に力を入れることもなく、奸臣が力を持っているとも聞く。ローンウッドは確実に衰退している。この国の未来はレイトリン同様に明るくはない。

　伯爵は目元の皺を深くして、茶を口に含んだ。

「恐れ多くも国への想いは王と同じ強さ、しかし実際に選び取る道は多種多様である、とだけ申し上げておきましょう」

「なるほど。よくわかります」

「レイトリンもそうでしょう。女王と家臣は一枚岩ではない。であるからこそ、女王は挙兵された。娘の貴女様には思うところはおありでしょうが」

　伯爵が同情するようにミアを見る。ミアは答えず、茶を一口飲んだ。

「伯爵とローンウッドの立場はわかりました。それで、今後どうすると?」

「わたしは、帝都ナハティールをイバラの枷から解放したいのです」

ミアはじっと目の前の初老の男を見た。

「それが可能だと?」

「負の呪いを打ち消すには、より強力な負の力が必要である」

「……時の魔女の話ですね」

「あなたはおそらく、時の魔女に会うでしょう。そう遠くない先に」

ミアは眉をさらに寄せて、彼を見た。

「どうしてそう思われるのです」

「それはあなたが、刻印を持つ者だからです」

手元が揺れ、茶が少しこぼれた。

確かに、昨夜の魔女は見抜いていた。ミアの胸に刻まれたイバラの刻印と、十六の誕生日の夜に呪われたことを。

「あれを」

伯爵は、従者に命じて何かを持ってこさせた。丸めた羊皮紙で、その色合いからしてかなり古いものだ。

「これは、ローンウッドの神殿の秘蔵書です」

目の前に広げられた巻物を見た時、ミアは思わず胸に手をあてた。

そこには、創世神話によく出てくる千年樹が描かれていた。四隅をイバラが取り囲み、千年樹の傍らに立つ全裸の乙女が両の頬から涙を流している。裸足(はだし)の足元は、蛇(へび)やムカデが取り囲み、腕を交差した胸元にはイバラの刻印が刻まれている。いや、刻印は胸元だけではない。両手首、足首、首にもある。そして樹の周囲には、古代文字のような、装飾的な文字が記されている。

「これは古代文字で、鏡文字になっています。長年、我が国の神官が解読に苦心し、昨今、ようやく成功したばかり」

「なんと書かれているのですか」

「刻印を持つ者がイバラの娘を解放し、この世に真の光と平和をもたらす。刻印を持つ者、命運に能(あた)わざれば死をもって呪いをとく」

座っているのに目眩(めまい)がして、ミアはテーブルの縁をつかんだ。

ありありと思い出す。夜の墓地で、胸に剣をつき立てられて死んだフランセット王女。彼女もまた、呪いに苦しんでいたということ。

「……イバラの娘というのは、時の魔女のことですか」

「おそらくは」

「わたしが呪いをかけられたことを、どうしてご存じなのです」

「イバラの呪いは各国の王家の子女にのみ、それも不定期に現れることがわかっているからです。役目をまっとうできなければ、能わざる者として、なんらかの穢れをもらうか、非業の死をとげるということも」

「それは」

「あなたに会わせたい者がおります」

伯爵は立ち、少し声を高くして、

「こちらへ」

と言った。衝立(ついたて)の向こうから現れた人物を見て、ミアは再度驚く。

彼だ。先程、林でミアと剣を交えた白髪の青年。

彼はミアをその青灰色の双眸で見据えたまま、こちらに歩んでくる。ミアも緊張し、瞳をそらさなかった。先程の死闘を忘れるわけがない。

「この者はわたしの甥(おい)で、名をセオドールと申します」

「……わたしを殺そうとしましたけど」

伯爵は頭を垂れた。

「ご無礼を働き、誠に申し訳ございません。この者は口がきけず、また誰に対しても心を閉ざしておるため、周囲に誤解を与えてしまいます」

ミアは、じっとセオドールを見る。白い髪、白い顔。瞳の青灰色だけが色を帯びている。

「セオドールの母親はわたしの妹です。妹は亡くなっておりますが、王の側妃でした」

「ということは、王子なのですね」

ミアはさらに無遠慮に彼の全身を見た。白い髪は生まれつきだろうか。その白装束からして、何かしらの事情があるのだろうか。顔は作り物のように美しく、今は感情が抜け落ちているかのよう。しかし、初対面で向けられた殺意は生々しいものだった。警戒するなというほうが、無理である。

「グスターフ王の二番目の王子です。側妃とはいえ、母親はこのカールソン伯爵家の出自。先々は、王太子に選ばれる可能性もありました」

伯爵は大きく嘆息し、しかし、と続けた。

「セオドールはわけあって、王籍を外され、王都ヘンデリックに居続けることができなくなったのです。それゆえ、この城にまいりました。三年前……十六の誕生日の、二月後に」

「十六」

その数字が何を意味するのか、ミアにはすでにわかっている。彼の見えている部分に、その印はない。もちろん、見えていない部分である可能性は高い。ミアもそうだし、フランセットは隠していた。

セオドールはミアを見つめていたが、ふとさらに近くに来ると、膝を折った。そしてミアの右手をそっとつかむと、甲に口づける。これには驚愕し、固まった。

冷たい唇。ミアはただただ困惑し、伯爵を見た。

「甥は頑なところがあり、相手の力量を自身ではかった上でなければ、心を許しませぬ。矜持の高い甥が貴女様に膝を折ったということは、貴女様の力量をじゅうぶんに検分し終えたからでございましょう」

それで、あの一戦だったわけか。確かに人は死を前にすると本性が現れる。だが考えてみれば、ミアに恩を売りながら逃がそうという伯爵が、迎えの者にいきなり戦いを仕掛けさせるはずはない。そこが不思議で信用できなかったが、伯爵は甥でもある王子がミアに戦いを挑むのは想定内だった。その上で、ふたりの邂逅の結果を予測し、賭けたのだろう。

「貴女様をレイトリンへ通すたったひとつの条件がございます」

来た。ミアは手をひっこめて、伯爵と向き直った。

「どうかこの者、セオドールをお連れください。いずれ貴女様が帝都を目指される時、必ずや、この者もお連れくださいませ」

「なぜ?」

そんなことを、安請け合いできるはずがない。ミアは今すぐに帝都を目指すつもりも、時の魔女を解放するつもりもない。

「呪いによる試練を経て、この者の心は一部死にました」

伯爵は悲痛な顔で言った。ミアは再びセオドールを見る。人形のように美しい顔には、感情の動きは見られない。

「このままでは、失った心を補うように残りの心も喪失し、〝能わざるもの〟として、その短い生涯を終えるでしょう。どうかこの巻物に記されているように、あなた様が動かれる時は、セオドールもお連れくださいませ。イバラの呪いがとけてこそ、セオドールも貴方様も救われ、また、この大陸に正統な皇帝が戻ることにもなりましょう。それは長い目で見れば、個人の幸福のみならず、大陸全土の多くの人民にとって必要なことです。多くの者にとって、封印された魔女の解放と復活、そして正しい円卓会議の開催が必要なのです」

ミアは伯爵の言葉を、どこか遠くに聞いていた。森で出会ったザーラが言った言葉が、強く蘇ってきたからだ。

『そなたは近々、最たる悲劇に見舞われた者に出会うであろう。その出会いは呪いを受けし者の必然であり、退ければ闇は深まり、受け入れれば双方が傷つくが、未来図を手に入れられる』

つまりそれは、セオドールのことだったらしい。

ローンウッドの王子セオドールには、好きな娘がいたのだという。将来を誓い合うような仲だった。しかしセオドールは、十六の誕生日に呪われ、その呪いのせいで、愛した娘は死んだ。もともと茶褐色の髪だったらしいが、同日、白髪になった。また、あらゆる感情表現を失った。廃人同然になったため、王籍を剝奪され、塔にこもりきりだったのを、伯父(おじ)である伯爵が引き取ったのだという。

「あの子、ローンウッドの王子様だったのね」

ひゅっと口笛を吹いてジークが言う。

「道理でゾクッとするような色気と品格を感じたわ。ちょっとキリアンにも似てる」

「どこが」

キリアンは興味もなさそうに、テーブルに用意されていたクルミの殻(から)を割っている。

ミアは彼らが軟禁された場所に戻ってきていた。申し分のない広さの部屋で、続きの個室もいくつかあり、食事もじゅうぶんなものが出されている。

しかし、明らかに全員、疲労の色が濃かった。無理もない。

「彼を連れていく条件を出されたけど、みんなの意見を聞いてから返事をする」

ミアは言った。

「それから……打ち明けなくてはならないことがある」

誕生日の夜に呪いを受けたこと。その証として胸にイバラの刻印を受けたこと。今まで、キリアン以外に話すことをためらってきた。ミアの運命に、彼らを必要以上に巻き込んでしまう気がしたからだ。ハンナは身の回りを世話してくれる中で痣の存在を知っていた。それでも、本当のことは打ち明けられなかった。打ち明けるのが怖かったし、口にするだけで呪いを強力なものにしてしまう気もした。

実は、キリアンに打ち明けたことも後悔していた。あの夜は、呪いを受けたばかりで、苦しくて、恐ろしくて、彼を頼ってしまったのだ。でもそのせいで、キリアンに何かが起きたらどうしよう、と不安にもなった。

ただ今となれば、話さないことのほうが不誠実だ。キリアン、ジーク、ルイスにハンナも。みんなすでに、これほどの苦労を強いられている。深い事情があることは察していても、多くを聞かず、生死を共にしてくれている。

ミアは決断し、身の上に起きたことを、呪いの細部は省略しながら、話した。

「……グリフィスにいた頃に打ち明けなくてごめんなさい。わたしがエドワードとうまくいかなかったのは、つまり、そういうことがあったからなの」

「なるほどねえ」

ジークはしみじみとつぶやく。

「単に男女の行き違いだけじゃなかったってわけでしたのね」

「そう」

「今の時代に、呪いだなんて……いや、王女様を疑うわけじゃないですよ。でも、話があまりにも大きすぎます。各国で、王族が呪われるとは」

ミアは立つと、シャツの胸元をゆるめ始めた。全員がぎょっとして目を見開く。

「王女様、なにを……」

「ハンナは見たことがある。でもみんな、見ないと信じられないでしょ。だから」

「ミア」

キリアンが止めるより先に、両胸の間だけ見せるようにシャツを広げた。そこにある赤い痣をさらけだす。うねりながら伸びる、棘がある植物と同じ形の痣を。

しんと静まり返った。

ルイスは顔を赤くして目をそらし、ハンナはうつむく。キリアンは黙ったまま、何かを覚悟したような顔でミアを見ている。

　そんな中、ジークが動き、ミアの目の前に来ると膝を折った。

「王女様。安心いたしました」

「安心?」

　ジークはミアを見上げる。珍しく真剣な顔だ。

「やっと、我々に秘密を打ち明けてくださった。正直申し上げますとね、今の今まで、ワタシは、王女様は水臭いお人だと思っていました」

「ジーク……」

「どう見ても苦しまれておりますのに、いつもひとりで全部を背負われて。森で獣を狩ってくださるのに、ご自分はあまり召し上がらないし。こんなにお痩せになって、怪我までされて。もどかしかったんですよ。それが、打ち明けてくださった。これからは、遠慮はナシです、王女様」

「そ、そうですよ、ミカエラ様」

　ルイスがさらに真っ赤になって、しどろもどろに言う。

「信じます。僕たちは、王女様が言うことなら、もう全部信じます」

「さ、ミカエラ様」

ハンナが優しくシャツの襟をもとに戻してくれた。

「あたしたちはとっくに一蓮托生なんですよ。今さら呪いの証拠なんて。一国の王女様が嫁ぎ先から逃げざるを得ず、山野をさまよった。それだけで、じゅうぶんに状況を物語ってるってもんですよ」

「……ありがとう」

最後にキリアンがやってきて、無言で手のひらを突き出した。そこには剝いたクルミの実がこんもりと乗せられている。

昔、どちらが先にたくさんクルミを割れるか、よく競争をした。いつだって、勝つのはキリアンのほうだった。ミアはわざと途中で手を抜いたのだ。そのほうが楽に、クルミを食べられるから。それをキリアンが気づかないはずはないのに、いつだって黙ってたくさん剝いてくれた。

ミアはくすりと笑い、クルミを口に入れた。甘くしっとりとして、少しだけほろ苦かった。

伯爵の条件は、拒めるものではないことはわかっていた。こちらに不利になるものではないからだ。それでも全員で話を共有し、セオドールを伴うことを決定した。

　翌日、ミアたち一行は約束通り、難なくマルト城の岩門を抜けることができた。巨大な岩と岩の間の門を抜け、渓谷に沿って進むと、やがて岩山の頂上付近に出た。振り返れば、岸壁に抱かれるようにして屹立（きつりつ）するマルトの城と街が見える。城から続く細い岩山の道と、そのはるか下は底さえ見通せないほど深い谷になっている。

　ジークが言っていた通り、マルトの門以外からは、レイトリンへ抜けるのは難しかった。もちろん、両国の国境がこれほど厳しい地形によって分けられているからこそ、これまでは互いに戦をしたことはなかったのだ。

　マルト城を見下ろしながら、小休止をとった。ミアはセオドールに近づいた。ひとりだけ、崖の先端に腰をおろしている。隣に立つと足がすくむほどの高さだ。

　彼は静かな横顔で、城を見やっていた。ただし、ミアが近づいただけで緊張したのがわかる。ミアは静かに言った。

「警戒しなくても、斬りかかったりしないよ。一緒に行くことを決めた時点で仲間だしね」

　先日やり合った時の感触はまだ覚えている。ミアがあの時驚いたのは、彼の確かな剣術だけではなく、覚悟だった。剣を向ける相手だけではなく、己の命にさえなんら執着なく、斬りかかってきたあの狂気。

　ミアはセオドールに水筒を渡し、言った。

「……わたしはあなたを守りたいとさえ、思う」

セオドールはようやくミアを見た。

彼は本当に美しい顔をしている。彼も体のどこかにイバラの刻印を宿す者なのだ。その事実だけで、胸が苦しい。ミアは、エドワードの異母妹を救えなかった。むざむざと、目の前で刺客に殺されてしまった。

縁、と谷の巫女はそう言っていた。

「……この広大な大陸で、わたしたちは、同じ呪いに苦しめられている者同士として出会うことができた」

ミアはセオドールの瞳をじっと見つめた。何かしらの感情がゆらめいている。

「だから守る。あなたが紡(つむ)げない言葉の代わりに血の涙を流すなら、わたしも泣くよ。それがわたしの贖罪(しょくざい)でもあるし、わたしとあなたを襲った悲劇を乗り越える唯一の絆(きずな)だと思うから」

ミアはセオドールが見ていた風景を同じように見た。

「故郷との別れはつらい。でもきっとあなたは帰ってくる」

ミアがそうであるように。それからしばらくの間、ふたりで並んで谷の連なりを見やった。やがてセオドールが返事のように、水筒の水を飲み、無言のままミアに返してきた。

「うん。行こうか」

ミアは笑って、彼の背に軽く手を触れた。

第六章　風の花の告白

1

松の木の陰から、白い鹿が姿を現す。ミアは弓矢を背負っていたが、獲物の全身を確認し、背に伸ばしかけていた手をひっこめた。

白い獣は狙わない。

ミアはアンナ・マリアを小川のほとりに連れてゆき、水を飲ませた。空を覆う枝葉の切れ間から柔らかな光が降り注ぐ。水面は宝石のようにきらめき、絶え間なく聞こえるモズやカケスの声が耳に涼しい。

ミアは自身もかがみ込んで、水を飲んだ。それから周辺に茂っているセージやコンフリーなどの薬草類を摘み、アンナ・マリアにくくりつけてある籠に入れてゆく。

ふと視線を感じて対岸を見ると、先程の白い鹿がいた。

じっとミアを見つめている。

ミアもじっと見つめ返す。

（愛を消し去るには憎しみがよい。憎しみを薄れさせるには無関心がよい）

そんな声が聞こえた。間違いない。森の王、夜の神である白い狼の声だ。ミアは叫んだ。

「わたしに、エドワードを憎めというの？」

白い鹿は答えず、ただ小さな頭を振って、森の奥へと消えてゆく。ミアは唇を嚙み締め、鹿が消えたあたりをぼんやりと見た。

レイトリンに帰還したのは一ヶ月ほど前だ。ミアたちは、ひとまずミアが出国前に女王から下賜されたギルモアの領地に入った。今はそこの領主館に仲間と共にいる。領主館で暮らしていたかつての侍女のネリーは、ミアの帰還を涙ながらに喜んでくれた。

すぐに女王カイラに使いを送ったが、返事は想像以上に冷酷なものだった。

いわく、女王は、第一王女の存在など認めていない、今後一切関わりを持たない。したがって会うこともない。

母親に会って聞きたいことが山程あったのに、その願いは聞き入れられない。幸い領地からは追い出されていないものの、それも永遠に約束されたことではなかった。

女王は本当にミアへの関心を失っているようだ。

結婚前、あの十六の誕生日の前に戻っただけのこと。ミアは長い間、母女王に忘れ去られ、北の塔で王女とは名ばかりの生活を強いられてきた。その頃に比べれば、ミアはもう飢えに苦しむか弱い子供ではないし、生きる術も身につけている。

すっかり慣れているはずの拒絶と、それでもなお、政治的に利用されたのだという怒りの中で、ミアは立ち尽くしている。

グリフィス王国は逃亡した王子妃と第二王子の離縁を公表した。教会を巻き込み、婚姻はそもそも成立していなかった、とした。なぜなら、床入りが行われていなかったからだと。そして今、彼の国の優先事項は、逃亡したかつての王子妃をとらえて処刑することではなくなった。レイトリン全体を攻め滅ぼすことに終始しているのだ。

戦が続いている。戦況はレイトリンにとって芳しいものではない。ラウロスとの連合軍は統制を欠き、前線は後退を余儀なくされている。

前線の先陣では、エドワード王子が指揮をとっているという。これまでに、すでに多くの血が流れた。話によると、エドワードは容赦のない攻撃を繰り返し、レイトリンの兵士の多くが絶命した。とらえた兵士たちも捕虜とするのではなく、次々に首をはね、時に火炙りにしたりと、とにかく殺し方が凄惨を極めているのだという。

エドワードの激しい憎しみを感じる。ミアを愛し、甘い言葉をささやいた彼はもうどこにもいない。彼を戦の鬼にしたのはミアであり、ミアの母である。だからミアのほうが彼を憎むのは筋違いというものだ。

彼が幼馴染みの美しい伯爵令嬢と褥を共にし、ミアを糾弾し、とらえ、そして殺そうとしていることも。すべては、正当な理由がある。

憎んではいない。ただ、ひたすら悲しくて苦しかった。眠れぬ夜には胸の痣がうずいた。エドワードを思い、幸せだった短い日々を思い出す時、刻印は必ず痛みを生じさせる。

「憎むことも、無関心も、どちらも無理よ」

ミアは力なくつぶやく。アンナ・マリアがそんな主を心配して、鼻面をこすりつけてきた。

「大丈夫。帰ろうか。おばあちゃんが待ってる」

ミアが苦しいのは、エドワードや戦況のことばかりではない。祖母グリンダのことだ。

帰国し、ミアはすぐにグリンダの家へ行った。ドアを開き、中に入った瞬間に、薬のにおいが鼻をついた。

グリンダは奥の寝室にいた。寝間着のままベッドに横たわっていたが、ミアの到着を知ると驚いたように起き上がった。

「ミア。おかえり」

何も聞かず、開口一番にそう言った。優しい笑顔で。ミアは声にならないうめき声をあげて、祖母のもとに駆け寄った。

グリンダに抱きついて、ただただ泣いた。故郷をあとにし、季節が巡る前に戻った孫娘を、グリンダは抱きしめてくれたが、その腕には以前のような力はなかった。

寝間着越しにもわかった。祖母はすっかり痩せてしまっていた。かつては村一番の豪傑女として、男顔負けの狩りの腕を誇り、ひとりで畑を切り盛りしてきた強い女は、歳を取り、生気を失ってしまっていた。

「……行かなければよかった」

さまざまな後悔の念でそうつぶやいたミアに、グリンダは首を振った。

「行ったから、戻ってくることができたんだろう？　おまえの選択にはちゃんと意味があったさ」

「でも、おばあちゃんが、こんなに」

その先の言葉はのみこんだ。グリンダはひょい、と眉を跳ね上げて、彼女らしい少しおどけたような顔をしてくれた。

「この冬にちょいと風邪をこじらせちまっただけさ。これからあったかくなってくりゃ、また元気になる」

「本当に？」

本当だとも、とグリンダは笑った。

でもミアは知っていた。祖母の死期が、そう遠くないことを。深い森で生き死にする動物と、人間たちとの違いは、そんなに大きくはない。グリンダは常日頃そう言っていた。当たり前に生き、死んでいくのが命の定めだし、それが一番幸せなのだと。

それでもミアはできる限りのことをしたいと願い、こうして森に薬草を探しに出かけている。グリンダの畑を代わりに耕し、領地の細々とした雑事を行う。

領地の住民も、ミアを普通に迎え入れてくれた。女王が非情な進軍をしたせいで、戦争は抜き差しならない事態になっている。そのことで恨み言を言う者はいない。村の多くの若者が、戦に取られているというのに。

ミアはグリンダの家に戻り、台所で薬草を煎じた。肺が弱り、喀血していると知ったのは今朝がたのこと。グリンダは血で汚れた寝具を隠していたのだ。

薬草で温湿布を作り、薬湯も用意する。ラヴィーシャがいればと思わずにはいられない。もしくは、王宮の医者でもいい。とにかく新しい薬があれば、グリンダも少しは楽になるかもしれない。

「おばあちゃん。朝ごはん食べて」

ミアは粥と薬を一緒に盆にのせて、グリンダの寝室に入った。グリンダはミアを見て優しく微笑む。

喀血したことを隠したいのなら、追及してはだめだ。ミアはグリンダを助け起こし、背に枕をはさんで寄りかからせると、粥を少しずつ食べさせた。

「外の様子はどうだい」

「北側の小川が勢いを増しているし、福寿草がたくさん咲いてる。共有地の土もいい感じ」

「そうかい」

「来週くらいに種蒔きをしようと思うの。セルダ爺さんもそう言ってるし」

「……今年は働き手が少ないから、大変だろうね」

「大丈夫。そう思って農具を改良したから。ルイスっていう鍛冶屋の息子がいてね、けっこういい仕事するの」

「そうかい」

ルイスは村の使われていない鍛冶小屋を手入れして、そこで農具を一新してくれた。中には錆びて使い物にならないものもあったのだ。ジークとキリアンは、デール侯爵の使いに呼び出されて侯爵の領地に行っている。ハンナはミアと共に領地内の細々とした雑事を手伝ってくれ、ネリーの話し相手になっている。

それから、ひょんなことから同行しているローンウッドのセオドールは、農作業をすることはなかったが、ルイスに剣の稽古をつけたり、森を散策したりして、自由に過ごしているようだ。

グリンダが粥にむせた。ミアは慌てて白湯を飲ませ、口元を拭う。すると彼女が、唐突に言った。

「もうお行き」

「まだいるよ。このあと薬飲んでもらって、それから洗濯も……」

「家のことじゃない。この場所から……この国から、早くお逃げ」

ミアは動揺し、目を見開いた。

「おばあちゃん、なんで……」

「寝たきりの老人だけどね。世の中の動きはだいたい耳に入ってくる。レイトリンはおそらく負けるだろう。あの国の軍勢がここまで来た時、おまえはとらえられ、真っ先に殺される」

ミアは反論したかったが、できなかった。

「おまえが帰ってきた理由はわかっている。わたしがいるし、女王を詰問したかったからだ。すべてを問いただささなければ決して前には進めないと」

ミアは目の縁が熱くなるのがわかった。

「そのとおりよ」

追及せずにはいられない。なぜ、自分を売ったのか。そしてすぐに勝ち目のない戦に突き進み、いったい何をどうするつもりでいるのか。こんなに大勢の国民を危険にさらし、すでに多くの尊い命を失ってまで、カイラは、母は、何がしたかったのか。

「許しておやり」

グリンダはミアの頰にそっと手をあてた。

「おまえももうすぐ十七だ。子供時代とは違う。これからは、すべて自分の選択によって生きてゆく。誰もおまえに何かを強要することはできないかわりに、おまえの身に起こる幸福も、不幸も、すべておまえの責任によるものだ。過去は水に流し、忘れ、未来を考えて生きておゆき」

「おばあちゃん」

ミアの頰に涙が伝う。

「……難しいよ。それは、すごく難しいことだ」

「なぜ。おまえはこんなにも美しいし、強いのに」

「でも呪われている。この身に降り掛かった呪いが、わたしが自由でいることを許してくれない」

ミアは震える手で自分の胸元をつかんだ。

「ミカエラ」

グリンダは、ささやくように名を呼んで、ミアを抱き寄せた。

「おまえは不幸な娘なんかじゃない。おまえはあらゆる運命を超えて自分の足で歩いていくことができる娘だ。呪いも、運命も、絶対に乗り越えられる日が来る」

力強い言葉だ。そして、ミアを抱きしめる腕も力強かった。かつての祖母のように。

「おまえを愛している。とても、愛しているよ、ミア」

「おばあちゃん」

どうしてそんなことを言うのか。理由もわかっている。

「だから許しておやり。おまえの母が、おまえを愛していないと思えても、わたしがおまえを愛している。それを忘れないでおくれ。この世の誰よりも、何よりも、おまえ自身をこのグリンダ・スーリヤが慈(いつく)しみ、育て、愛のすべてを与えたと」

「……忘れない」

母を許せないとか、運命とか、呪いのことも。ひとつひとつを考えれば眠れず、すべての不幸がエドワードとの破れた恋にもつながる。でもそれらを超えて、今、確かなことは。

ミアは、この祖母に育てられた。この世でもっとも強く、美しい心を持つ豪傑女に。そのことだけは、忘れてはならない。

それでもミアは、祖母が弱ってゆくのをただ見ているわけにはいかないと思う。グリンダの家を出るとアンナ・マリアを走らせた。王城に向かって。なんとしても、グリンダを王城の医者にみてもらい、希少な薬でもなんでも融通してもらいたかった。

この時のミアは、まだ望みは捨てていなかった。女王はグリンダに負い目があるはずだと強く思っていたからだ。

しかし、ミアは王城の門で衛兵に行く手を阻まれた。

「確かにわたしが来ていると伝えたの?」

食い下がるミアに、衛兵たちは気まずそうにうなずいた。

「女王陛下におかれましては、貴女様のことは知らぬと」

ミアは笑いだしたくなった。同じ言葉を、もっとずっと子供の頃も聞いたのだ。あの時ミアは、ネリーと共に餓死しそうになっていた。意を決して母を訪ねた時、そう伝えられたのだ。はからずも、その窮状を救ってくれた祖母が死にそうなのに。

あの時のようにミアを退けるのか。カイラは、どれほど非情な女なのか。

兵士たちに阻まれ、ミアはこの日も、城の中に足を踏み入れることはできなかった。

『許しておやり』

『愛を消し去るには憎しみがよい』

許すことはできない。母を求めて、苦しくて泣いた夜を忘れるには、彼女のことも、強く憎まなければならないのだろうか。

そんな不毛な感情に疲れきって、森に入った。領主館に顔を出して、夜にはグリンダのところに戻らねばならない。すると前方から、見知った馬が近づいてきた。

「キリアン」

数日ぶりに見る彼に、ミアはほっとした。たった数日会わなかっただけなのに、話さなければならないことがたくさんある。

「戻ったのね。デール侯爵には会えた?」

「いや。義父(ちち)は前線の指揮をとっている」

デール侯爵は勇猛な大将軍だ。先のラウロスとの戦でも活躍した。しかしすでに一線を退いてから長く、実戦は後継に任せて然(しか)るべき年齢だ。それが駆り出されたということは、やはり戦況は思わしくないということだろう。

「それは……心配ね」

「ああ」

「侯爵に会えなかったなら、どうしてこんなに遅くなったの」

「ミア」

キリアンは逡巡(しゅんじゅん)する様子を見せてから、意外なことを言った。

「今から少し付き合ってくれないか」

「いいよ。どこに行くの？」

「ついてくればわかる」

キリアンからそのような誘いがあるのはとても珍しい。もしかしたら、深刻な話があるのかもしれない。それにミアも今は、領主館には戻りたくはなかった。女王の仕打ちにまだ胸がざわめいている。気持ちを鎮める必要がありそうだ。

ミアはアンナ・マリアの腹を軽く蹴(け)って、キリアンのあとに続いた。

風に揺れる赤い花は陽光を受け、柔らかな色合いに輝いている。

「これって……」

キリアンに連れていかれたのは、神殿の裏にある土手だ。土手の一部は森から突き出た形でなだらかな傾斜になっており、日差しを遮(さえぎ)る木々がないので、たくさんの山野草が咲き乱れている。

その一角に咲いている赤い花は、特に目を引いた。

「フウロソウよね。いつだったか、一緒に見ようって約束した」

「覚えてたんだ」

キリアンは微笑んだ。

レイトリンにはまだしつこく雪が残っている場所がたくさんある。しかしここは日当たりがよく、植物の生育に適している。

白や紫、桃色に赤と、さまざまな色を持つフウロソウには伝説がある。大神イデスが愛した美しい女の精霊がいたが、人間に恋をし、イデスのもとを逃げ出した。イデスは三日三晩捜し回ったものの、精霊は穴の中にうまく隠れて見つけることはなかった。穴の中で、恋人が迎えに来てくれる時を彼女は待った。恋人は約束通りその場所に向かったが、途中でイデスのご機嫌をとろうとした蛇(へび)に噛まれて死んでしまう。彼女は待ちきれずに穴の外に出て、イデスに見つかった。しかし連れ戻される前に恋人の死を知り、嘆き悲しんで湖に身を投げて死んだ。その亡骸(なきがら)がフウロソウとなり、以後、花が風に揺れる季節には、美しい精霊が恋人を求めて森を彷徨(さまよ)い、彷徨う先々に種を飛ばして、遠く遠くへと想いを広げているのだという。

「君は、坊主にしてくれって泣いた」

キリアンが昔を懐かしむように目を細める。

「本気だったよ、あの時は」

でも、キリアンが止めてくれた。ミアの髪を丁寧にくしけずって、綺麗だと言ってくれたのだ。赤いフウロソウと同じ色だと。

ミアはそっと柔らかな花弁に手を触れる。目を閉じると、過去が鮮やかな色で蘇ってくる気がした。

あの時、本当に悲しかった。今日と同じように、母親に拒絶されたから。でもキリアンが慰めてくれたし、グリンダもまだ元気で、ラヴィーシャだっていた。

失った日々の鮮やかさが、かえって胸に痛い。ミアは感傷的になりそうな自分を叱咤し、立ち上がると、キリアンに振り向いた。

「ねえ、見せたいものってこれだったの……」

そうして口をつぐむ。

キリアンが、黙ったままじっとミアを見つめていたからだ。なにか眩しいものでも見るような目で。

「なにかあったの?」

「なぜ?」

「悲しそうな顔をしてる」

言葉にしてから、そうだ、と自分で納得する。キリアンは表情の変化が乏しい。それでも、長い付き合いで、彼の喜怒哀楽はわかる。

あれは何かを悲しんでいる顔だ。今日、再会した時から何かが引っかかっていた。

「気のせいだよ」

「嘘（うそ）」

ミアはキリアンに駆け寄った。

「なにか隠してる」

「ミア……」

キリアンは手を伸ばし、ミアの髪に触れた。かつては、そうされるのは日常だったのに、久しぶりに髪に触れられ、ミアはどきりとした。

「……どうして、ここに連れてきたの」

「……昔した約束を、まだ果たしていなかったから」

「花が咲いているかどうか、わざわざ確認したの？」

侯爵領から戻ってくる途中で？　でもここは、領地からの帰り道ではない。

「ああ」

「どうして、今……」

「ミア。俺とジークは近々前線に参加する」

心臓をいきなりつかまれたかと思った。ミアは絶句し、立ち尽くした。先程まであんなに綺麗だった花たちが、急に色を失って見える。

「……前線?」

「そう」

「戦に出るってこと? どうして」

「俺もジークもレイトリンの兵士だから」

「でも、キリアンはもともと王室の近衛兵だわ。仕事というなら、女王と王城を守るのが任務のはず」

そこでミアははっとした。

「まさか、女王も戦に出るの?」

「違う」

「だったら」

「でも、義父が苦戦している。どのみち今の前線は、最後の砦といってもいい。なんとしても死守しないとこのあたりも危ない」

「だからってなぜキリアンが」

ミアは激しく混乱していた。

「義父をはじめ、多くの兵士が死線にいるんだ。俺だって知らないふりはできない」

「いや！」

ミアは叫ぶように言った。

「行かないで、キリアン」

「ミア。もう決めた」

「なんでよ！　ずっと一緒にいるって。わたしを守るって、そう言ったじゃない」

「……君を守るためでもある。レイトリンはこのままだと敗れ、君はエドワード王子に今度こそ処刑される」

「でも、駄目！」

ミアはキリアンに飛びかかった。かつてはどんなに突然飛びついてきても、彼女をうまく受け止めたキリアンだったが、この時、なぜかミアを抱きとめるのを躊躇(ちゅうちょ)した。その一瞬の迷いのせいか、キリアンとミアは草むらの上に揃(そろ)って倒れた。

それなりの衝撃があったはずなのに、キリアンは、ほんの少しもうめかなかった。ミアは彼の体のおかげで痛みはまったくなく、ただただ、今聞いたばかりの話に混乱していた。

「嘘つき！」

どん、とキリアンの胸を叩く。

「わたしを守りたいならそばにいてよ」

「守りたいから行くんだ」

「ひとりにするの？」

「必ず帰ってくるから。それにひとりじゃないだろう」

いいや、ひとりだ。キリアンがいなくなれば、ミアは本当にひとりだ。実際はそうではないのに、なぜそう強く思うのか。

「じゃあわたしも行く」

ミアは言った。本気だった。

「兵士に扮(ふん)すればいい。男装は得意だからバレない」

「……君に人が斬れるものか」

「斬れる。殺せる。キリアンをひとりで行かせられない。もし、だって、もしも」

その先は怖くて言葉にできない。

もしも、キリアンが命を落としたら？　世界がひっくり返るほどの衝撃。唇が細かく震え、手も震えた。そんなミアの手首をキリアンがつかむ。

強い力だった。

「俺が大事か」

唐突に、彼はそう聞いた。ミアは顔をあげて、間近に彼の瞳をのぞく。なんという青。氷が溶けたばかりの湖のように青く、どこまでも澄んで、それでいて熱い。

「キリア……」

キリアンのもう片方の手がミアの背にまわされる。と思ったら、一瞬で体勢が逆になった。身動きが取れず、キリアンを見上げる格好になる。ミアは驚いて瞬（またた）きもせず、彼を仰ぎ見る。逆光で表情はよくわからず、ただ、瞳の青が鮮烈だった。

ミアはその瞳に、悲しみのような、苦しみのような色を見た。一瞬の躊躇があったと思った。次の瞬間には、キリアンは顔を近づけて自身の唇をミアの唇に重ねていた。

それはあまりにも唐突で、ほんの束の間の口づけだった。

ミアが抗議するより先に、キリアンは離れていた。

背を向けて、すぐそこに座っている。ミアは動くことができず、雲ひとつない空を見上げたまま聞いた。

「どうして?」

どうして、どうして……口づけをしたのか?　今の行為に、どんな名前がつくのか?

混乱し、うまい言葉が見つからない。するとキリアンは言った。

「ごめん」

「……わたしは謝ってほしいわけじゃない。ただ、わたしは」

何をどう言ってほしいのだろう。考えがまとまらないまま。

「数日のうちに発つ」

キリアンは短く言って立ち上がると、先に丘を下ってゆく。ミアは背を地面に縫い留められたかのように動けない。

何かがすれ違っているのだと、ローンウッドの森で思った。フウロソウの花は、男女がすれ違った悲劇の象徴。思えば時の魔女とて、そうだったのだ。

古今東西、どれほどの男女の気持ちが行き違い、悲劇が生まれたのか。そしてミアは今、キリアンの真意をつかみそこね、自身もまた、混沌(こんとん)とした気持ちを持て余し、指一本動かすことができずにいる。

それでもどうにか、震える指で唇に触れた。キリアンの唇の感触がまだ残っている。間近にのぞいたあの青は、泣きたいほどぐくるおしくて、まるで知らない人のもののようだった。

2

早朝、いつもなら起き出してとっくに畑に出ている時間、ミアはまだグリンダの家にいた。昨夜からグリンダが発熱し、一晩中看病をしている。数種類の薬草はある程度は効いたものの、病を徹底的に根治させるものではない。

それでも熱は下がり、ミアはひとまず安心して、ベッドの横の椅子(いす)で少しの間目を閉じた。すると表が騒がしくなり、ルイスの声が聞こえた。

「ミカエラ様！　王女様！　いらっしゃいますか」

ミアは驚いて外に出た。まだ馬上にいたルイスはミアを見るなり飛び降りて、戸口のところまで来た。

「どうしたの」

「キリアンとジークが出立します」

ミアは一瞬、息をとめたが、すぐに冷静にそう、と返した。

「数日後のはずじゃなかった？」

「それが、戦況が思わしくないとのことで、早まったそうです」

「……だから知らせに来たのね」

「はい。ミカエラ様、今ならまだ間に合います。どうか、キリアンの挨拶を受けてください」

「もう、すんでる」

昨日、神殿の裏の丘でフウロソウを見た時に、挨拶は受けたと解釈している。キリアンは結局、ミアが懇願しても、戦地に行くと決めてしまっていたのだ。今さらもう言える言葉はない。

ジークにも、挨拶をすませてある。あのあと領主館に帰ると、キリアンはいなかったがジークはいて、ミアとハンナは彼のために夕食を作って振る舞った。

「しかし、キリアンは最後に王女様に会いたいはずです」

「なぜそう思うの」

「……それは、王女様自身が一番よくご存じのはずでは」

ルイスは普段は温厚なのに、こうと決めたらてこでも動かない頑固さがある。まったく、とミアは嘆息する。今は、忠実で実直な従者の眼差しが苦しい。

「祖母の具合がよくないの。悪いけれど、もう帰ってルイス」

「王女様！」

「おまえはそれで本当にいいのかい」

　かすれた声が、背後からかかった。ミアは驚いて振り返る。戸口にグリンダが立っていた。寝間着の上にショールを羽織り、しゃんと背筋を伸ばし、強い瞳でミアを見ている。

「おばあちゃん」

「情けないね。大切なものがわからなくなっちまったのかい」

　グリンダははっきりと言う。

「キリアンはもっとも大切なものを守るために、死地へ赴くのだろう。おまえの真意はおまえ自身もわからないのかもしれないが、大切な者に対する情熱の傾け方はわかっているはずだ。どういう存在にしろ、大切な者が旅立とうとする時に、老婆の看病以上にやるべきことがあるのは明白だ」

　ミアはうつむき、押し黙った。本当にそのとおりだ。

　自分は何かを恐れている。

　キリアンに思いがけない口づけをされ、そこに向き合うことから逃げていた。あれは、彼の精一杯の感情表現だったに違いないのに。

「……ルイス。少しの間、おばあちゃんをお願い」

ミアは顔をあげ、馬小屋に走った。

ルイスによれば、キリアンは王城の正門から他の部隊と共に出立するらしい。王城内には入れずとも、都を出るまでには追いつけるだろう。

アンナ・マリアを駆りながら考える。キリアンになんと声をかけるべきか。無事に帰ってきてほしい。その他に望むことはない。とにかく無事に。その思いだけで森を駆け抜けていると、前方から黒い馬が現れた。

ミアは驚き、手綱(たづな)を引き絞る。いつかの夜を思い出す。あの夜も、こうして森の中で遭遇した。

キリアンも驚いたのだろう、強く手綱を引き絞り、馬が高く前足をあげた。互いに相手を通り過ぎ、少し距離をあけて停止した。

キリアンはレイトリンの軍服を着ている。その姿を、目を細めて見つめ、

「キリアン！」

と叫ぶように名を呼んだ。キリアンは、じっとミアを凝視している。続けた言葉は、自分でもまったく予想しなかったものだった。

「わたしを想うなら、必ず生きて帰ってきなさい！」

キリアンは目を見張る。ああ、とミアは胸が締めつけられた。なぜ長い間気づかなかったのだろう。気づくことから避けていたのか。彼はいつだって、同じ目をしてミアを見ていたではないか。あの眼差しの意味を、今ならわかる。

キリアンは確かにミアを愛しているのだ。男として。

苦しくて、でもこの苦しみの理由がわからない。それでもミアは、キリアンに言う。

「……帰ってこなかったら、生涯許さない」

キリアンは、ふっと笑んだ。

「死者はそんなこと気にしないと思う」

「あなたが、ただ死ぬものですか」

ミアも負けじと言い返す。

「たとえ死んでも、魂はわたしのところに戻ってくるはず」

キリアンはこれには答えず、ただ瞳を細める。ミアはなおも言った。

「魂だけ帰ってきても、わたしは許さない。生涯恨み続けるし、墓参りもしない」

自分でもどうしようもない憎まれ口をきいていると思った。気持ちを持て余し、手綱を持つ手が震えた。胸にうずまく強い感情に背中を押され、ミアはアンナ・マリアをキリアンの馬に近づけた。そうして、馬上で互いに至近距離で、キリアンの首に両手をまわした。

馬は足踏みし、上半身が揺れた。しかし、落馬はしなかった。キリアンも、一瞬戸惑ったような間のあと、ミアを抱きしめて支えたからだ。

朝の森と同じ清涼な香りがするキリアンの耳元に唇を近づけた。

「待ってる」

「うん」

「……もしも死んだら、許さないだけじゃないからね。わたしも死ぬかもしれないからね」

「それは、ないだろ」

キリアンは苦笑したようだ。ミアは眉をひそめ、顔を離すと彼を見た。

「どうしてよ」

「君は強いから。どんなことがあっても必ず乗り越えて先に進む」

「キリアンが死んだとしても？」

キリアンは少し黙ってから、

「死なないよ」

と言った。

「帰ってくる」

「……それを伝えるために来たの？　部隊から外れて怒られないの？」

「将軍の嫡子はあらゆる意味で優遇される。部隊には午前中に追いつく」

キリアンはミアの髪に手を伸ばした。

「あの時のことは気にするな」

それも念を押したかったのだろうか。ミアは小さく笑った。

「そう言われてもね」

もうわかってしまったから。彼の気持ちを。

「ミカエラ」

キリアンは、珍しくその名でミアを呼んだ。

「俺は俺で生き抜いて戻ってくるけど、君も自分で自分の身は守れ」

「それはわかってる」

「もしも戦火が迫った時は、禁断の森へ逃げろ」

ミアは眉を寄せた。

「本気で言ってる？」

「白い狼は君の守護神なんだろ」

「……そうかもしれないけど、人間界の戦に関与するとは思えない」

「でも、逃げろ。それを約束して」

キリアンは、このために戻ってきたのだ。ミアはまっすぐに彼を見つめ、答えた。

「約束する」

キリアンは微笑み、最後にくしゃっとミアの髪を乱すと、離れた。そのまま馬の腹を蹴って、走っていってしまう。

すぐにその姿は見えなくなった。

「キリアン！」

ミアは叫んだ。かつてのように。姿が見えなくても、不安な時、呼び止めるといつも、彼は馬をとめて耳を傾けてくれる。大好きだよ、と言うと、ばーか、と返してくれる。

でも今、呼び止めたのに、ミアは何も言えない。

「……キリアン！」

もう一度叫んだ。彼が立ち止まった気配はわからなかった。ミアは失望し、うつむいた。

すると、

「ミア」

ささやくように呼ぶ声が聞こえた。空耳だろうか。ミアはしばらくの間、アンナ・マリアにまたがったまま、キリアンが出立した方角を見つめていた。

3

五月はレイトリンにとって祝福の季節だ。しかし今年は様相が違う。雪や氷が溶けて大地が緑の芽吹きに覆われても、国全体にきな臭い暗雲が垂れこめていた。

「ダナーの砦が突破されたようですわ」

領主館に入ってきたジークが、開口一番に言った。

ジークは前線に合流し、デール侯爵の指示で情報作戦のようなことをしているらしい。敵陣に近づいて情報を得たり、逆に嘘の情報を流して混乱させたり。その合間を縫って女王への報告のため王都に戻り、ついでにミアのところにも寄ってくれているのだ。

最近、グリンダの容態が落ち着いているので、ミアも昼間はこちらに来ている。共有地の作業の合間に、昼食を摂(と)っていたところだ。

ダナーは国境からふたつ目の城塞(じょうさい)だ。そこを突破されたとなると、いよいよ王都にも戦火が迫っていることになる。

レイトリンはその地形から、ひとつずつ街を落とされると逃げ場がない。隣国はローンウッドとラウロスだが、どちらも厳しい地形によって隔たれ、大勢の国民が逃げられるものではない。主要な都市では、それを見越してすでに事前に逃げ出す国民が出始めている。

女王カイラは相変わらず城にこもり、この局面をどう立て直すつもりなのか、外からうかがい知ることはできない。民はみな不安に思っている。働き手は戦に取られ、村には老人や女子供しかいない。

「サヴィーニャの村人たちにも避難を促すべきね」

ミアはジークに言った。

「どちらへ？」

「本当なら国外がいいけれど、お年寄りや女子供は遠くまでは行けないわ。逃げた先での生活も保証できない」

街道は治安が悪く、どこへ逃げてもグリフィスの兵士に怯えなければならないだろう。

「森に逃げこむか、王城に入れてもらうしかない」

「女王が城門を開くでしょうかね？」

「このあたりはもともと女王の直轄地よ。もっとも近い領民を見捨てたりしないはずだわ」

レイトリンの王城は堅牢だ。今までにも戦火を逃れてきた。構造からして石の城壁は高く、跳ね橋をあげれば侵入は難しい。籠城は自滅行為だが、時間を稼ぐことはできる。たとえ不利な条件で停戦が叶おうとも、領民の命は助かるはずだ。

それでも女王は、ミアのことは城には入れないだろう。

それに数々の城を落としているグリフィス軍相手に、王城の守りも過信はできない。

『もしも戦火が迫った時は、禁断の森へ逃げろ』

キリアンが戦場に発ってから一ヶ月が経つ。グリフィスの勢いは弱まることなく、エドワードは着実に駒を進めている。

「いつでも動けるように準備はしてあるわ」

ハンナやルイスも力強くうなずく。

「王女様とハンナさんは僕が守ります」

と胸を張るルイスも頼もしい。しかしハンナは鼻で笑った。

「あんたより王女様のほうが、腕が立つけどねえ」

「僕だってかなり上達しましたよ。セオドールのおかげで」

へーえ、とジークは興味を示したようだ。

「あのとっつきにくいセオドール殿下が、あんたに剣を教えてくれてんの」

「僕だけじゃないですよ。王女様とも手合わせしてます」

それは本当だ。セオドールは相変わらず話すことはできないが、彼なりにここでの暮らしに順応しようとはしているようだった。畑仕事も簡単な荷物運びなら手伝うし、何より朝夕と剣の手合わせをしてくれるのはありがたい。

「で、今はどこにいらっしゃるの？　帰る前にあの美貌（びぼう）を拝みたいものだわねえ」

ミアは眉をひそめた。

「もう行ってしまうの、ジーク」

「ワタシは戦況をお知らせしに寄っただけですからね」

「キリアンは元気？」

ミアがそっと聞くと、ジークは微笑んだ。

「もちろん。あの子のおかげで将軍も覇気（はき）を取り戻した感じですよ。何しろ戦神のように強いですからね。兵士たちの士気もあがるってもんです」

「怪我とか……」

「まったく無傷ではないですけど、まあ、なんとか」

ミアはテーブルの上にそっと小瓶（びん）を置いた。

「軟膏（なんこう）を持っていって。傷によく効くから」

最初に持たせればよかったと後悔していた。ジークはうやうやしく、ミアの用意した軟膏や、他に細々とした衣類や食料を受け取る。それから、ふと真顔になると、

「王女様。もうひとつ、ご報告というか、小耳に挟んだ気になることがありますのよ」

声をひそめて、そう切り出した。

「戦場には傭兵(ようへい)も多くいます。その中に、東の国から流れてきた男たちがいて」

「東というと……アルナディス王国あたり？」

「まさにその国の話です」

アルナディスは地理的には、レイトリンからもっとも遠い東の国だ。帝都と穀倉地帯ヌーサのさらに向こう、砂漠といくつかのオアシス都市を越えた先にある。五王国の中でも独特の文化を持ち、もっとも神秘的な国だ。交易を通じてさまざまな品が行き来しているが、中でも特色的なのが窯業(ようぎょう)と酒や茶で、アルナディス産のものは高額で取引されている。

「レイトリン王室と同じ女系で、女王が治めているのよね」

「シャナン・アールミン女王。まだ二十六歳と若いですわ。その女王が、巫女(みこ)のひとりを重用し、政治的にも多大な影響力を与えているというのです」

「巫女？」

「人々は、その女を魔女と呼ぶようです。アルナディスの建国に寄与した、門の魔女の再来だと」

ミアは押し黙り、ジークを見つめた。ジークはさらに言った。

「どうやら本当に魔術が使えるようですよ。女王があまりにもその女を重用するので、幾人かが諫言をしたのですが、その者たちが次々と変死したようで。アルナディスの国民の中には、女王は古の魔女の力を使って、かつての円卓会議をやり直そうとしているのでは、と」

『そもそも公平な会議ではなかった。我々はなんとしても時の魔女を復活させ、円卓会議をやり直すべきではありませぬか?』

カールソン伯爵の言葉が蘇った。

「……気になる話ね」

「四王国間で小競り合いを繰り返している間、彼の国は地理的に離れていることもあって、静観しているようでした。今回の戦も、高みの見物と見せかけながら、案外と何かを画策していても不思議じゃありませんわ」

ミアはうなずいた。

「わたしはね、ジーク。ずっと気になっていることがあるの。フランセット王女のこと」

「誰が王女を殺したか、ですか」

「そうよ」

護衛として彼女を守っていたはずの、眉間に傷がある男は、ミアのことも暗殺しようとした。フランセットとミアの共通点はふたつのみ。王や女王の娘ということと、十六の誕生日に呪われ、イバラの刻印があるということ。

「誰かが刺客を長期間にわたって潜入させていたとして、その目的を考えると、我が母ではない。実の娘とグリフィスの王女両方を殺しても、レイトリンには得るものはない」

一度は、女王カイラを疑った。戦の口実にするために、あえて嫁がせたばかりの娘の命を切り捨てたのでは、と。しかしそうすると、フランセットまで殺す理由がない。王女の死が戦の理由になるなら、フランセットの死はグリフィス側にこそ報復の口実を与えることになるからだ。

となれば、レイトリンと共に戦に参加したラウロスも違う。もしもローンウッドが黒幕なのだとしたら、カールソン伯爵はミアたちを逃したり、自国の王子を託したりなどしないだろう。

「消去法でいけば、確かにアルナディスが怪しいですわね」

「わたしを呪った妖精も、もしかしたら、アルナディスに関わりがある魔性だったのかもしれない」

その魔女の力が本物なら、その可能性もありうる。

「……この戦は、深みにはまりこんではいけないものだったと思う」

「確かにこのままでは、我がレイトリンに明るい未来はなさそうですわ」

ミアは深く息を吐くと、背後に控えるハンナとルイスに言った。

「ハンナ。ネリーが台所で夕飯の支度をしてくれているから、手伝いに行ってくれる？

ルイスは外の作業に戻って。わたしもあとから行くから」

ハンナとルイスは一瞬顔を見合わせた。ミアの意図を察したようだ。

ふたりが出ていってから、ジークが聞いた。

「人払いまでして、どうなさったのです？」

「折り入ってお願いがある」

ミアはテーブルの上に、一通の手紙を置いた。ジークは片方の眉を跳ね上げる。

「なんだか嫌な予感がいたしますわ」

「これを、なんとかしてエドワードに渡るようにして」

ジークは少しの間沈黙し、目線だけをテーブルの上に落とした。

「まさかと思いますが、ご自分を犠牲になさるおつもりじゃないでしょうね」

手紙には短い文と、片方だけ残っていた真珠と緑柱石の耳飾りを同封した。

「……今さらわたしの命ひとつで戦が終わるとは思っていない」

「それなら」

「それでもわたしは、やれることがあるなら試してみなければならない。この戦は最初から間違っている。少なくとも、わたしを取り戻せばグリフィス側の面目は立つ。停戦が一日早まるだけでも、多くの命が救われる」

「エドワード王子に、お会いになると？」

「……キリアンには黙っていて」

「王女様」

ジークは、顔をしかめ、はーっと息を吐いた。

「今のエドワード王子が、あなたに温情を示すとは思えませんわ」

「わかってる」

エドワードは憎しみに取り憑かれ、苛烈な攻撃を繰り返している。そしてキリアンは戦場にいる。このままでは、近いうちに、どちらかが命を落とすことになる。

「……すべてを覚悟の上だと？」

「わたしは酷なお願いをしている。だから断ってもいい。あなたがいくら諜報に優れているとはいっても、正式な使者でもないのに敵将に手紙を届けるのは命がけになる」

「蛇の道は蛇ですのよ。ワタシと同業の者は大陸中におりますからね。ツテを使えば、確実にお届けすることはできます。命などかけなくてもね」

「では、引き受けてくれる？」

「ワタシを殺すとしたらグリフィス兵ではなく、エドワード王子でもなく、キリアンでしょうね。このことがバレたら」

ミアはふっと笑んだ。

「だから言ったのよ。キリアンには黙っててって」

「王女様は、断ってもいいとは仰せでも、ワタシが引き受けるとお思いなんでしょう？」

「思ってるわ。だってあなたは、常に状況を正しく分析し、判断できる人だから。感情論ではなく、何が最善の方法か、理解しているはず」

ジークは目を細めた。真剣な顔で、ミアを見つめる。

「そうですわね。でも一方で、大切な者をむざむざ死なせたくはないという、ごく平凡な心も持ち合わせているのですよ」

「ジーク」

涙がこぼれそうになるのを、ミアは目を大きく見張ってこらえた。まばたきを我慢し、ひりつく瞳でジークを見つめ返す。すると、

「……まいりました」

ジークが、降参したというように両手をあげた。

「お引き受けいたしましょう。さもなくば、あなたのことだから、単身で戦場に乗り込みそうです」

ミアはジークに背を向け、目尻からこぼれた涙を指で払った。

「ありがとう」


ハンナは屋敷の裏手の通用口から、厨房へと入った。後ろにのそのそとルイスがついてきたので、呆れて振り返る。

「あんたは外でしょ、ご命令には従いなさいな」

ルイスは、はっとした顔をして、

「そうでした」

と頭をかく。

「なによ、ぼんやりして」

「……ハンナさん！」

ルイスが、思い切った様子でハンナを見る。ああいやだ、とハンナは渋面になった。普段はどちらかといえば愚鈍なルイスが、こんなふうにまっすぐ相手を見るのは、何かを強く決意している時だ。そういう時は驚くほど頑固で、融通がきかない男になる。

「僕たちで、なにか余興を考えませんか！」

ハンナはさらに、眉間の皺を深くした。

「……余興？」

「今夜の夕食のあとにでも、ミカエラ様に愉しんでいただく出し物をするんです。たとえば、歌とか踊りとか、ハンナさん、得意なものはありますか？」

「……そういうあんたは何ができるのよ」

「僕は、笛なら少し吹けます」

あまりに意外だったので、ハンナは目を瞬いた。

「あんたが？」

「昔、近所に住んでいた楽師に教えてもらったんです。三曲くらいなら、今でも吹けます」

「なんだか楽しい話をしていますねえ」

厨房の奥で鍋をかきまわしていたネリーが手を拭きながらこちらにやってきた。ネリーはミカエラ王女を赤子の時から養育した侍女であり、ミアがグリフィスに嫁いだのを機に退職し、じゅうぶんな年金とこの領主館に住む権利を与えられた。ミアはネリーが安心して老後を過ごせるように細々とした手配もしており、この領主館には彼女専用の小間使いもいる。それでもミアの帰国後は、自ら厨房に立ち、王女の好物を作ったり、日常の細かな世話をやこうとしている。老後の楽しみなのだと言って。

「確かに王女様には息抜きが必要ですよ。夕食後にささやかなパーティ、すごくいいと思いますわ」

「ありがとうございます、ネリーさん。ネリーさんは、なにかできますか？」

「あたしは歌が得意よ」

「それはいい。じゃあ、ハンナさんは」

ふたりが同時にハンナを見る。期待のこもった目で。ハンナは嘆息した。

「ルイス。あんた、王女様が心配なのね？」

ルイスはこっくりとうなずいた。

「王女様は、ずっと我慢をされている。僕たちと冗談を言って笑っておられる時でさえ、心の中は悲しみで満ちておられる。グリフィスにいる時もそうだったけれど、キリアンが戦地に行ってからいっそうそんな様子で……今だって、僕らを部屋から出したのは、またご自分ひとりだけで何か大きな問題を抱え込もうとされているんじゃないかって」

ネリーが涙ぐんだ。

「……ミカエラ様は昔から、そうです。自分は欲深だって笑いながら、その実、甘え下手なんですから」

それはハンナだって気づいている。ミアの侍女になって一年、彼女をもっとも近くで見てきたのは、ハンナだ。

幼い頃に一度会ったことがあるとはいえ、実際に仕えてみると、ミアは想像以上に健気でいじらしい少女だった。

王族というものは、矜持(きょうじ)ばかりが高く、人としての情愛に薄いような印象を、かつてのハンナは抱いていた。

しかしミアは違う。ミアの言動のほとんどは、他者への愛に根ざしたものだ。呪いにより愛情にかげりが見えたかつての夫エドワードに対してさえ、そうなのだ。呪いの詳細は教えられていないが、愛があるゆえに苦しんだことには間違いがない。彼女が夫の知らないところで流した涙がたくさんあったことを、ハンナは知っている。

ミアは、当たり前の愛情というものを受けずに育った不遇の王女だったはずだ。それなのに、どうだ。彼女は侍女のハンナにさえ、気配りをしてくれる。ハンナが腹痛を我慢している時などはいち早く気づいて、森に薬草を摘みに行き、薬湯を作ってくれる。愛する者を守り、当たり前に大切にする心が、ミアにはある。

それがかえって、痛ましい。

グリフィスからの逃避行は大変だった。ようやく帰国してみれば、王女の大切な祖母は病の床にあり、キリアンは戦場へと去った。日々の戦況が、追い打ちをかけてくる。ミアが心休まる要素など、どこを見渡してもない。それなのに、日々、畑を耕し、祖母の面倒をみて、領地の雑事にも精を出す。まるで罰を与えるかのように、自分で自分を追い込む。

ルイスはそのことに胸を痛めているのだろうし、ハンナもまた、同じ気持ちだ。せめて。ほんのひとときだけでもいいから、ミアに心からくつろいでほしい。

「……あいにくあたしには特技なんてないけど、あんたの笛に合わせて踊るくらいならできるでしょうよ」

ハンナが言うと、ルイスとネリーは手を叩いて喜んだ。

4

月がとても美しい宵だ。ミアは空を一度見上げてから、ひとり、森の中に入っていった。

夜の森は、いくらここで生まれ育ったといっても、ひとりきりでうろつきたい場所ではない。

獰猛な獣もいるし、魔物の類も出るといわれている。それでも明かりを手に、森に入った。

セオドールが戻ってこないからだ。昼間、ひとりでふらりと森に入ってゆくところを、村人が見ていた。ぼんやりした様子だったという。

ジークは結局セオドールに会う前に戦場に戻っていった。ミアは夕食の席にも現れない異国の王子を捜すことにした。

明かりを掲げながら、足跡を探してみる。不思議と、方角の見当はつく。勘を頼りに森の奥へ進むと、小川のある場所に出た。そして、対岸にある巨大な岩の上に、白い髪の青年の姿を見つけた。

「セオ」

呼んでも反応がないので、石を飛んで対岸まで行った。セオドールは薄着で、岩の上に片膝(ひざ)を立てて座っている。ミアは嘆息し、隣に腰掛けた。

「どうしたの」

と聞いても、言葉が返ってくることはないのだ。それでも聞かずにはいられなかった。セオドールの表情はある意味キリアン以上に乏しいが、そのセオドールが、思いつめたような表情をしている。

ちょうど樹木が途切れている場所で、月光がしらじらと岩の上に降り注ぐ。セオドールの白い髪が銀色に輝いていて、とても美しいとミアは思った。

見つめられていることに気づいたのか、セオドールはこちらに顔を向けた。と、手を伸ばし、ミアの胸元に触れた。

「なにをす……」

当然ミアは驚き、身をよじって逃れようとしたが、セオドールはミアの手首をつかんで動きを封じた。

体格差はあるが、本気を出せば彼を押しのけ、場合によっては再び剣を交えることもできる。しかしミアはそうしなかった。セオドールの手は依然としてミアの胸元にある。

自身の心臓が跳ね、確かな脈動が生じ、その熱に息もできないほど驚いていた。まるであのイバラの刻印が、何かに共鳴しているようだ。

どのくらいの間そうしていたのだろう。

気づくとセオドールが苦悶(くもん)に満ちた顔をして、深く同情するような眼差しでミアを見ていた。

ミアははっとして、あえぐように言った。

「セオ。これは」

セオドールは、ようやく手を放す。それでも動けずにいるミアに、ゆっくりと背を向けて座り直すと、彼はおもむろに自分のシャツを脱いだ。

ミアは食い入るように彼の背中を見つめた。鍛えられた若い青年の背に、馴染み深いあの赤い痣があった。肩甲骨の間から、首に向かってうねるように伸びる痣は、ミアの胸元にあるものと同じだ。

ミアは無意識のうちに手を伸ばし、その痣に触れた。セオドールがぴくりと背中を震わせ、ミアの脳裏には白い閃光が走った。

その光の中で、ミアは見たのだ。セオドールに、かつて起きたことを。

少年が馬を駆って、森へと飛び込んでゆく。

整った面立ちに、褐色の髪。健康的に日に焼けた肌、光り輝く青灰色の瞳は無邪気に澄み、快活に笑っている。

セオドールだ、とわかるまで少しかかった。それほど印象が違う。

顔立ちも、まだ幼い。

少年の気配を色濃く残した若き日の王子は、馬に乗り、森に駆け込む。背後から従者たちが追いつこうとするも、彼の見事な手綱さばきに翻弄されて距離を離され、まかれてしまう。

セオドールは笑ってさらに馬を進める。背には弓矢を背負い、一頭の鹿を追っているようだ。鹿が茂みに隠れ、セオドールは矢をつがえると弦（つる）を引き絞る。それを放とうとした瞬間、鹿がいるはずの茂みから少女が飛び出し、矢はすんでのところでそらされた。少女は驚いた様子で胸に抱えていた籠を落としてしまった。

セオドールは慌てて馬を下り、彼女に近づく。そうして、ふたりは一瞬強く見つめ合った。

ああ、とミアは確信する。

彼女だ。ふわふわの金色の髪をした、愛らしい顔立ち。セオドールは、彼女と恋に落ちたのだ。

「怪我は？」

優しく彼は聞いた。彼女は青ざめていたが、ゆっくりと首を振る。

「……名前は？」

声はかすれている。アリーシャ、と桜色の唇が小さく名を告げた。

セオドールは、それから森に日参した。少女は付近の村に住む、貧しい炭焼き職人の娘だった。少女のほうも、セオドールがやってくる時間に合わせて、薪（たきぎ）や山菜を取りに森に来るようになっていた。

ふたりが恋に落ちるのに時間はかからなかった。いや、最初にひと目見た時から、お互いに相手を選び取ったのかもしれない。

アリーシャはセオドールの身分をわかっている。最初こそ恐縮しきって距離を置こうとしていたが、それも徐々になくなってゆく。セオドールが根気よく森に通い、彼女を見つけ出し、話しかけたからだ。

ふたりが距離を縮めてゆくさまを、ミアは苦しい思いで見ている。自分とエドワードの最初の頃を見ているようだ。相手にわからないように互いを見て、夜は相手を思い早く顔が見たいと望み、いざ目の前にするとまともに目を見ることもできない。盗み見るようにそっと相手の横顔を視界におさめ、胸の高鳴りを自覚する。その頃には、これが恋だと気づいている。お互いにそうなのだ。そして互いに相手を見る瞬間が重なるようになり、視線が交わるようになる。腕に、肩に、髪にと触れるようになり、そうして口づけをする。

「アリーシャ……」

「王子様」

ある日、セオドールは彼女の肩を抱き寄せ、いつものようにその白い額や鼻筋、唇へと口づけを繰り返し、言ったのだ。

「君を花嫁にしたい」

アリーシャは目を見開き、ゆっくりと首を振る。身分が違うと、涙を流す。その涙をセオドールは唇でそっと拭って、強く彼女を抱きしめる。そして言うのだ。自分は王子とはいえ、この国の世継ぎでもないから自由だと。もしも反対する者がいたら、説得するし、説得できないなら、ふたりで国を出ようとも。アリーシャはとうとう根負けして、セオドールについていくと約束する。

幼いけれど、本気で、尊いほど純真な恋。

そうして、セオドールは、自身の十六の誕生日を迎えた。

レイトリンの神殿でミアが受けたような儀式はなかった。ただ、王宮で宴が開かれ、セオドールはその宴を早々に抜け出すと、馬に乗っていつものように森に向かった。

その途中で、女が現れたのだ。

（……メトヴェ！）

ミアが叫んだ彼女の名は、夜の森からいっせいに飛びたったコウモリの鳴き声にかき消えた。突風が吹き荒れ、木の葉が舞い上がる。コウモリたちが不吉に乱れ飛ぶ中で、低く禍々しい声が、セオドールを呪った。

「王子様はこの夜を境に、イバラの檻に閉じ込められるでしょう。愛する娘を前にした時、あなたが娘に差し出せるのは愛ではなく、冷たい殺意。愛すれば愛するほど娘を殺したくなる。己の中で渦巻く憎しみや殺意を制御できず、王子様は娘を殺しておしまいになるでしょう」

メトヴェは笑いながら去り、我に返ったセオドールはただひとり、馬を急がせる。いつもの森の、いつもの場所に向かって。

待って、駄目よと、ミアは叫びたいのに、その声は風にかき消される。

月明かりの下で、アリーシャが精一杯のおしゃれをして待っている。手には花束を持ち、愛しい人の誕生日を祝う気持ちに頬を染めて、馬が駆け寄ってくるのを待っている。

セオドールは、彼女の手前で手綱を引き絞り、馬から飛び降りた。その瞬間まで彼の顔は、たった今呪われたことよりも、自分の誕生日であるこの素晴らしい月の夜に、愛しい娘と会える喜びが勝り、光り輝いていた。

「セオ様」

アリーシャはなんの疑いもなくセオドールを呼び、胸に飛び込もうとした。その瞬間。

セオドールの顔がひきつった。その顔をそむけ、身をよじって娘の抱擁から逃れると、木に手をついてよろめく自分を支えた。

「……どうなさったの？　どこか具合が」

差し伸ばされた白い手を、セオドールはたたき払った。

「わたしに触れるな！」

ミアは耐えきれず、続きを見たくはないと思った。まるで同じではないか。自分がエドワードにしたことと。

しかし、セオドールがとった行動は、ある意味でミア以上に残酷だった。

「王子様、大丈夫ですか。いったい何が」

突然の恋人の拒絶に、なお心配して近くに来ようとするアリーシャ。セオドールは剣を抜いた。

「これ以上わたしに近づくなら、おまえを殺す！」

アリーシャの顔に、初めて絶望と恐怖が広がった。

「二度とわたしに触れるな。二度とわたしの視界に入る場所をうろつくな！」

矢継ぎ早に発せられる拒絶の言葉に、アリーシャはよろめいて、一歩、二歩と下がってゆく。大きく見開かれた目から、涙がこぼれている。唇が震えて、

「セオ様。なぜ」

と言った。セオドールはさらに剣の切っ先を彼女に突きつけて叫んだ。

「なぜ？　おまえなどと情を交わしたのがそもそもの間違いだった。その卑しい目でわたしを見るな。早く失せろ！」

アリーシャは確実に傷つき、目を伏せた。透明な涙がとめどもなく溢れ、風に散らされる。去れと言われてもなお去れず、涙で濡れた瞳で立ち尽くす少女に、セオドールは獣のようなうめき声をあげて、躍りかかった。

花束が落ちて、少女も後ろのめりに倒れた。セオドールは掲げた剣を、一瞬の躊躇もなく彼女に振り下ろした。

少女は瞳を固く閉じた。しかしセオドールの剣は、少女の頭部すれすれのところで止まった。セオドールはうめき、ひざまずいて肩で呼吸を繰り返した。

「セオ様……」

少女はもう一度だけ、意を決したようにセオドールの頬に触れた。セオドールは立ち上がり、上着のポケットから手巾を出すと、強く自分の頬をこすった。それをまだ起き上がれずにいるアリーシャに向かって投げ捨てる。

そして、とどめとばかりに、信じられない言葉を吐き捨てた。

「妖婦め」

アリーシャは大きく目を見開き、セオドールを凝視する。その瞳から逃れるように、セオドールは彼女から離れ、馬にまたがり、もと来た道を駆け抜けた。

セオドールの瞳からも涙が溢れていた。後方に流れてゆくその涙の中には、彼の本当の気持ちが混ざっているはずだ。

アリーシャ、アリーシャ、と彼は泣いた。本意ではない。どうしようもできない。呪いによる衝動と、嫌悪感と、そして殺意は、相手を愛すれば愛するほど生じてしまうもの。

それから場面は切り替わる。

高い渓谷の縁に、アリーシャは佇んでいる。手に握りしめた布が、はらりと風に舞い上がり、一瞬だけ宙に浮かんだものの、谷底へと消えてゆく。

やめてとミアは叫んでいた。でも声にならない。届かない。アリーシャは裸足で地面を軽く蹴った。そして、暗く深い谷底へと吸い込まれていった。

どれほどの絶望を経て、声を失ったのかと思っていた。セオドールは呪われ、愛する娘を永遠に失った。アリーシャに吐いた暴言への贖罪で声を失い、彼女の指がおずおずと触れた髪は色を失った。そして青灰色の瞳には悲しみと、やり場のない怒りが凝り、対峙する者をひるませる。

月明かりの下で、ミアとセオドールは、互いをじっと見つめていた。ミアがセオドールの過去を見たように、セオドールも、先にミアの過去を見たに違いなかった。

ミアはエドワードとこじれにこじれ、おそらく互いに笑顔で見つめ合うことは二度と叶わない。呪いがとければそんな日を得られるかもしれないと、一縷(いちる)の希望を持っていた時期もあった。もしくは、己の努力で彼を愛し続ければ、真心が伝わり、エドワードもわかってくれるかもしれないと。

しかし、フランセットが死んだあの夜に、ふたりは決定的に、愛し合える絆(きずな)を失ったのだ。

エドワードは生きている。ミアを憎みながら、レイトリンの兵を殺しながら、彼は生きている。

セオドールの愛した娘は、二度と生き返らない。彼が自暴自棄となり、心を閉ざしたとしても、なんの不思議もなかった。

「それでも生き続ける。わたしたちは」

ミアはセオドールを見つめて言った。

「この呪いをとくために。そして呪いを仕掛けた相手を見つけ出すために」

ミアはセオドールの手を取った。冷たくこわばった両手を包むように持ち、力を込める。

「自分を傷つける時期は終わった。これから先は、その憎しみを、呪いをかけた相手に向けるべき。わたしもあなたも、何ひとつ悪くないのだから」

ミアも、これまでどれほど自分を責めただろう。当たり前の愛情をエドワードに返せない自分に。彼を傷つけ、それでもなお愛を乞おうとする自分の浅ましさを恥じ、幸せな日々を取り返すことばかり考えて、結局は自分を恨んだ。生まれや、育ちや、性格そのものも。時を戻せるなら、呪われたあの瞬間ではなく、エドワードと出会わないようにすればよかった、愛を打ち明けなければよかったとまで考えた。

でもそうではない。

すべてはこの呪いを放った相手が悪いのだ。

「わたしたちは同じ相手を憎むべきよ。そうでしょう?」

セオドールはもちろん、何も答えることはできない。ただ、ミアに握られた己の手を見下ろす。

この夜を境に、ミアの中でも変化が生じた。

大切な者に、命を粗末にしないでほしいと願いながら、自分自身が、命など惜しくはないと思っていた。ジークに託した手紙をエドワードが読み、再会が叶ったら、殺されても仕方がないと。それでレイトリンの惨状(さんじょう)を少しでもマシなものにできるなら、幸運なことだとさえ。

でもそれでは、イバラの刻印はどうなってしまうのか。心を破壊されたセオドールを残し、フランセットの遺恨も放置したまま……このままでは、呪いの波及を止めることはできない。

エドワードに会う。最後の話し合いをしなければならない。捨て鉢になってはならない。どんなに浅ましくても、生き残る道を考えるべきだ。

ミアはセオドールの手を、さらに強く握りしめた。

「戻りましょう。ハンナたちがね、何やら楽しい余興を考えてくれているらしいから」

ネリーもいつになく、そわそわしていた。今夜は、あの年老いた侍女の下手くそな歌を聞くはめになるかもしれない。昔は辟易していたものだが、今では懐かしくて涙が出そうだ。つかの間の平和を演出しようとしてくれている侍女や従者の気持ちを、無下にはできない。

セオドールは何も答えず、ただミアの手を、そっと握り返した。

香木を焚いた煙がゆっくりとくゆり、室内を甘く爽やかな薫りで満たしてゆく。薄紅色の紗で覆われた寝台に寝ていた女は、はっとして目を開いた。

たった今まで、自分は森の中にいた。大きな岩の上で向かい合うように座る男女を見ていた。彼らが互いの刻印に触れ、互いの呪いのあらましを記憶に刻む様も。

くすりと小さな笑いがこぼれる。

「……陛下。お目覚めですか」

帳の向こうから若い侍女の澄んだ声がかかった。

「ああ」

女が鷹揚に応じると、帳が開かれ、侍女の顔がのぞく。まだ十四歳の侍女は、羨望の眼差しでじっと主を見つめている。頬が上気し、輝く瞳が本当に愛らしい。

「そなたは今日もとても可愛いな」

女が言うと、少女はさらに真っ赤になる。彼女はあくびをひとつして寝台から降りると、その後の身支度を少女に任せた。

シャナン・アールミン——東の国アルナディスの、若き女王である。

絹の着物の合わせがそっと開かれ、肩を滑り落ちた衣が足元にたまる。それをまたいで鏡の前に立つシャナンは、全裸の自分を見つめた。

白い肌はぬめるように輝き、漆黒の髪は長く胸を覆い隠す。少し身をよじるようにすると、それが見えた。

赤く鋭く、生き生きとしている。まるで生贄の血を吸って、成長しようとしているように。

ぞくりとした喜びが全身を駆け抜ける。紅を塗らなくても赤く艶めく唇がにっと笑って、白い歯がのぞいた。

豪奢な着物を着せられ、金糸銀糸の縫い取りがある帯をしめられた。髪はさらに艶やかにくしけずられ、女王の証である鳳凰の形の冠をかぶる。

「どうだ？　今日のわたくしは美しいか？」

鏡越しに、彼女の純真な侍女が懸命にうなずく。

「変わらずにお美しいです、女王陛下」

そこへ、知らせがあった。あの者がやってきたのだ。

「シャナン様。今日の夢見はたいそうよかったみたいですね」

現れたのは、白い僧衣をまとった女だ。顔は若く、肌は皺ひとつないが、黒ぐろとした深い瞳に歳月を経た老獪さを感じる。

「お肌が瑞々しく輝いておられる」

「あの者たちを見たのだよ。どちらもたいそう可愛らしい」

「それはそれは」

女も満足そうだ。

「刻印を受け、こらえきれずに早々に死んだ者もおりますのに、なかなか将来有望ですわね」

うむ、とシャナンはうなずく。

「だが最後に残るのはわたくしだ」

「戦も佳境に入りますゆえ、また淘汰されましょう。いつの世も人の強い思いが歴史を動かすものですから」

「それは多くを見てきた者だけが言えることだな」

くくっと笑うと、女も微笑んだ。

「女王陛下のご栄光を強固なものにするため、また今月もいただかなくてはなりませぬ」

「うむ」

日が流れるのは早い。シャナンは少し悲しくなって眉を下げると、先程から甲斐甲斐しく彼女の身支度をしてくれた若い侍女を近くに呼び寄せた。

「はい。なんでございましょう、陛下」

疑うことを知らない純真な瞳が、シャナンに注がれている。胸が苦しくなり、しかし、その苦しみの中に確かな喜びさえ感じる。

はじめは苦しみばかりだったのに。失うことを繰り返すうちに、その奥に潜む喜びに気づく。これは可能性の喜びだ。刻印を持つ者は、こうして、ひとつだけの感情に左右されることなく、己を多角的に見なければならない。

「おまえを愛しく思うておるよ」

「はい」

と侍女はまた顔を赤らめる。一月の間、シャナンは彼女を寵愛した。侍女の中で若く、王城にあがったばかりで下働きばかりさせられていたのを見つけ出し、そばにおいて特権を与え、側近くで主の世話に従事する喜びを与えた。その仕事の合間にも、共に食事をし、優しい言葉をかけて、彼女の夢を聞き出し、城外へ遊びに行く時も伴をさせ、帰りの馬車では彼女が女王に寄りかかって居眠りすることさえ許した。

「しかし、今日でお別れだ」

侍女は困惑した顔をして、僧衣の女はうつむいたままくすりと笑った。

シャナンは短剣を取り出した。月が満ちる日は、愛する者を葬らねばならない。そうでなければ、シャナンはイバラの試練を乗り越え、大業をなすことができないからだ。

「すまぬの」

そう言って、まだ何が起こるかわかっていない侍女の小さな胸に、短剣を沈めた。侍女は絶命するその瞬間も、恍惚とした表情を浮かべているように見えた。一方で、絶命した少女の頰に触れながら、シャナンは泣いた。涙を流し、口元には笑みをたたえ、そしてまた泣くのだ。

「お見事です、女王陛下」

僧衣の女が吐息と共にそう言う。自分でも見事だと思う。わたくしは、と流れる血を見ながら考えた。

わたくしはこの大陸で唯一、イバラの檻を破れる者。

「ナハティールがまた近くなったの」

シャナンが泣きながらつぶやくと、僧衣の女はうやうやしく頭(こうべ)を垂れ、「御意」と応じたのだった。

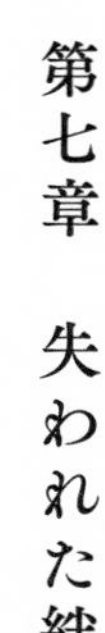

第七章　失われた絆

1

レイトリンの南東の国境は皇帝直轄領と接している。現在、帝都は機能していないため、直轄領は事実上無法地帯となっている。五王国をつなぐ街道はならず者が横行し、野盗の被害も相次いでいた。豪商は独自に傭兵を雇い隊商を警護した。各国共通の通行証を得た者たちはどこの国の城門でもくぐることができたし、どの国も自国の交易を守るため、要となる都市には兵士を派遣している。

しかし有事には、当然、各都市の通行には厳しい制限がかけられる。戒厳令に従い家の中で息をひそめる者もいたし、街を捨て、戦禍を逃れる者も相当数いた。

レイトリンとラウロスの合同軍は南東の国境から二城後退したヴェリウスの丘にいた。レイトリンの国旗は青地に狼と竜、ラウロス側は白地に黄金の獅子が描かれている。その国旗が翻る中央の天幕では、両軍の将軍が作戦会議に入っていた。

レイトリン側の将軍はデール侯爵で、キリアンの義父でもある。キリアンは軍隊に合流後、二度ほどグリフィス側と刃を交えた。現在は近衛隊の少将として一個小隊を任され、レイトリン側の軍師を兼ねるミケルセン中将の部下として、作戦会議にも参加している。

　レイトリンとラウロスを合わせても兵力はグリフィスに遠く及ばない。敵将は知略に長けたレーベン将軍と、勇猛果敢なエドワード第二王子だ。一歩も譲る気配はなく、猛攻を仕掛けてくる。

「ここヴェリウスを突破されると、王都サフールまではすぐです。至急、両国の王に指示を仰がねばなりませぬ」

　ラウロス側の軍師が、沈痛な面持ちで言った。中央のテーブルには地図が置かれているが、すでに多くの駒が倒されている。

「女王陛下は、アルギス渓谷を死守せよと仰せだ」

　デール侯爵がしっかりとした声で答える。

　アルギス渓谷とは、ヴェリウスの先にある細長く蛇行した谷間の道だ。涸れた川の名残をとどめ、砂礫で覆われている。左右は断崖絶壁になっており、崖の上は樹木が深く生い茂る。渓谷の終点には自然の地形を利用した巨大な門があり、ここを突破するのは難しい。

　しかし、グリフィス側の破城兵器は予想以上に突破力があり、弓部隊や投石部隊も行軍している。これまでに失った城塞の事例を鑑みても、決して安心はできない。

　またアルギス渓谷の門は難攻不落といわれているからこそ、裏を返せばそこを突破されるともう打つ手がないという危うさを孕(はら)んでいる。谷の門は、まさにレイトリンの王城の正門そのものともいえる。女王の命令がなくても、雑兵にいたるまでそのことは把握(はあく)している。

ラウロス側の将軍は、現王マティアス四世の末弟であるフェルディナン公で、すでに老齢であるデール侯爵の半分ほどの齢(とし)だ。軍師の説明を聞き、長い間黙っていたが、

「侯爵。谷を守るは決して容易(たやす)いことではありませぬ。ただ門前で待ち構えても、敵の勢いを削ぐのは難しいでしょう」

と、もっともなことを言った。

「いかにも」

とデール侯爵はうなずく。

「中将。そなたから説明を」

ミケルセン中将が、前に進み出た。

「兵士の数では到底グリフィスに及びませぬ。平地で戦えばその分不利ですが、谷間に誘導し、しかるべき局面で両国で挟み撃ちにすれば勝機はあります」

アルギス渓谷は細く長い。両側の崖はほぼ垂直にせり上がり、獣道(けものみち)すらないが、現地の者ならば、目立たず谷を昇降できるいくつかの坑道を知っている。

「坑道に精鋭をひそませ、挟み撃ちにしたところで一気に敵将を討つ。グリフィスの兵士がどれほどの数でも、奇襲で将を失えば、士気を失い、烏合の衆となりましょう。我々は地の利を生かして封じ込めるしかありませぬ」

なるほど、とフェルディナン公はうなずいた。

「しかし敵もそこは読んでくるのでは？」

「当然用心はするでしょう。それでもグリフィスが我が国に兵を進めるためには、谷を避けては通れませぬ。わたしなら、前後に勇猛な部隊を配置し、さらに間隔を置いて後方にも配置する。挟み撃ちにされても最後尾が巻き返せるようにです」

「部隊を分散させるのだな」

「ラウロス軍には、その最後尾をさらに叩いてもらいたい」

デール侯爵が言った。キリアンは中将の背後に控えていたが、状況を冷静に分析する。

この戦は二国の共同戦線だが、現時点での主導権はどちらかといえばレイトリン側にある。グリフィスが目下落とそうとしているのがレイトリンであるからだ。もちろん、レイトリンが落ちれば、グリフィス軍は森をさらに北東へと抜けて、ラウロスを攻め落とす段階へと進むだろう。

そもそもグリフィスに戦を仕掛けることを提案したのは、どちらだったのか、いまだに明らかにされていない。狡猾(こうかつ)なラウロス王マティアス四世を、女王カイラは嫌っていたはずだ。両国は長年仲が悪く、小競り合いも少なくなかった。その昔、レイトリンを得ようとしたマティアス四世がカイラに求婚し、カイラが「醜男(ぶおとこ)は好かぬ」という身も蓋(ふた)もない理由で退(しりぞ)けたことも、国家間の感情を悪化させたといわれている。

それが、対グリフィス戦線でにわかに手を取り合ったのだ。当然両軍の間には積年の恨みが払拭(ふっしょく)しきれず滞(とどこお)っており、部隊全体が嚙(か)み合っていない原因になっている。

キリアンはそっと義父を見た。疲労の色が濃い。本当ならば、軍隊などとっくに引退し、領地で悠々自適な老後生活を送っていたはずなのだ。それが女王に復帰を命じられ、悪条件の下で戦いの指揮をとることになってしまった。

義父には大恩がある。見捨てることなど、とうていできなかった。

「なるほど、なるほど……」

フェルディナン公は腕組みをして、長い間地図を睨(にら)んでいたが、やがて自軍の軍師と目を合わせ、深くうなずいた。

「どうやらそれしかないようですな。死闘になりますが、坑道から敵将を討つのは誰が？」

ミケルセン中将がキリアンを振り返り、目線で促(うなが)す。キリアンは一歩、前に出た。

「わたしが参ります」

フェルディナン公は細い目をさらに細め、満足そうに膝を叩いた。

「それは頼もしい。先の戦いでもそれは見事な戦いぶりであったな。怪我はもうよいのか」

「問題ございませぬ」

キリアンは、左肩に矢傷を受けている。しかしまだ軽いほうだ。レイトリンもラウロスも、キリアンが到着した時にはすでに多くの兵が絶命し、重傷者もあとを絶たず、苦しい状況だった。

そして、キリアンは実際には見ていないが、すでに落ちた城前の道の両脇には、レイトリン、ラウロス両軍の兵士の首がずらりと並べられたのだという。エドワードの怒りをまざまざと感じる話だ。

戦を少しでも有利に終えて、あとは政治に持っていかなければならない。実質、アルギスが最後の砦だ。敵もここを突破できなければ、深い森に遮られサフールに達することはできない。戦が長引けば双方国力を消耗する。引き際を見極めるのは王や女王、そして宰相たちだ。キリアンたちがやれることは、とにかくこの谷で持ちこたえること。

長い作戦会議を終えて、キリアンは天幕から出た。すでに夜になっており、篝火が焚かれている。大勢の兵士が疲れきった様子で、火のそばでつかの間の休息を取っていた。

グリフィス軍は、付近を流れるククリ川の向こう岸に足止めされている。レイトリン軍は、川にかかる橋を打ち壊した。時間を稼ぎ、少しでも多くの傷病兵をアルギスの門の向こうへ連れていくためだ。

しかし、敵は新たな橋を架け始めている。簡易的なものだろうが、全軍が渡れればそれでいいはずで、猶予は三日もないだろう。

キリアンたちは明日早朝にはここを引き払い、谷間での決戦に備えなければならない。

キリアンは自身の天幕へ足を向けた。すると天幕の手前に見知った男がいて、火を熾してくつろいでいる。

「どうもー」

ジークはこちらを見て、陶器の壺を掲げる。

「激励に戻ってきたわよ。ついでに美味しいお酒も持ってきたから」

キリアンは嘆息し、彼のそばに行くと腰をおろした。

「戻ってこなくてよかったのに」

「あらずいぶんな挨拶ね。そんなに嫌うこともないじゃないさ」

キリアンはさらに息を吐く。今度の決戦がどういう結果になろうとも、戦は終盤に入っている。混乱に備えて、ジークには、王都にとどまってほしかった。

しかし彼もまた、義父の重要な駒のひとつなのだ。

「いろいろ預かってきているのよ。まずは傷によく効く王女様お手製の軟膏でしょ、今焼いているこの肉でしょ、それから上等な蜂蜜酒と、焼き菓子もね」

「……どう過ごしてる？」

「手紙も預かってきているから、読んだらどう」

ジークはキリアンに手紙を差し出した。キリアンは封を切り、中身に目を通す。

ミアらしい伸びやかな字を目にするだけで、心が揺れた。共有地の作業が忙しいこと。戦に備えて村人を訓練していること。新しい子馬が生まれたこと。訓練のくだりはさらりと、あとは平和に過ごしている様子が記されている。キリアンは手紙を畳み、胸元にしまった。

「それで、本当はどう過ごしている？」

「あら」

蜂蜜酒を味わっていたジークは、やれやれといった様子でキリアンを見た。

「そんなすぐに見抜かなくても」

ミアが泣き言を書かないのは知っている。大丈夫だという時ほど危ういのも。

「そうねえ。一見は、気丈に生活されているのよね。ハンナやルイスもよく働いて、お世話しているし。そうそう、ルイスによれば、あの白い髪の王子だって、ミカエラ様には心を許しているらしいのよ。毎朝一緒に森に朝駆けに出かけたり、おばあさまのお見舞いにも連れていったりね。ミカエラ様が気を配って、彼を孤独にしないようにしているらしいわ」

キリアンは軽くこめかみのあたりをもんだ。戦地の環境は悪い。あまりよく眠れていない。

「ミアならそうするだろう」

「気にならないの？」

ジークが少し意地悪そうに笑う。

「口がきけなくたって心を病んでいたって、彼はもと王子よ。身分的にも、美貌(びぼう)的にも王女様に釣り合う」

キリアンは何も答えない。

ミアがあの王子とどうにかなるなどと、くだらない想像もいいところだ。

ミカエラがとらわれている男は、この川の対岸の天幕にいる。エドワードへの想いが、セオドールの登場で薄れるくらいならば、そもそも彼女の悲劇は起きていない。

「冗談よ」

ふっとジークは笑った。

「本当のことを言うわね。そのために戻ってきたんだから」

「ああ」

「ミカエラ様は、お苦しそうだわ」

「……」

「おばあさまの容態が本当に思わしくないし、女王は相変わらずだしね。ひとりで畑を耕したり、森に入って薬草を摘んだり、狩りもして、いざという時のためにって保存食づくりもして……とにかく休んでいないのよ。夜も遅くまで起きてるってハンナも心配してたわ。またさらにお痩せになったしね」

キリアンは黙り込んだ。想像がつきすぎて、言葉が見つからない。

「あんたも前に言っていたわよね、キリアン。王女様は明るく天真爛漫だけれど、実はそうじゃない。逆境にあればあるほど自分を抑えてしまう」

「その通りだ」

「ほんとにねえ。一見、思うままに振る舞っておられるのよね。着るものには無頓着なようで、実はこだわりがおありになるし。少しでも着心地が悪いと二度と袖を通されないとか。思い立ったらすぐ行動で、どこにでもひとりでお出かけになるとか。一度決めたらご自分の意見をなかなか曲げない頑固さもあるし……でも本当は、すごく分別がある」

「分別は、時にありすぎる」

「そう、それなのよ。自由奔放に見えて、その実、ものすごく不自由に生きていらっしゃる。だからワタシは、時々、王女様を見ているとと胸がしめつけられそうになるんだわ」

ミアはいつだって自分のことは後回しだ。戦争の影響が色濃く、国民が多くの不安と貧しさに苦しめられている今、彼女が安穏と暮らしているはずがない。自分ができる最大のことを常に考え、寝る間もなく過ごしているに違いない。

たとえ戦地にいなくても、彼女自身が闘っている。

「ワタシはねえ、キリアン、あんたは一日も早く戻るべきだと思うわ」

ジークは蜂蜜酒を注ぎ、キリアンに手渡した。

「自分を追い込みすぎちゃう王女様を、甘えさせ、呼吸させてあげるのは、あんたしかいないんじゃないの？　あんたが侯爵への義理だけじゃなく、男として、前線に合流し、王女様を守りたいって気持ちはわかる。でも、今すぐにでも帰るべきよ。王女様がご自分を大きく損なわれないうちに。戦の中であんたが命を落とすようなことがあったら、どうなることやら」

ジークの言うことはもっともだ。キリアンとて、死ぬつもりなど毛頭ない。ミアにかけられた呪いがとけるのを見届けない限りは、死ぬことはできない。

「もとより、勝つための戦じゃない」

カイラが娘を嫁がせながらも軍を進めた理由を、どの国民も納得していない。なぜ勝てない戦にかじを切ったのか。中にはラウロスにうまく言いくるめられたと言う者もいる。しかしカイラは誰かの思惑に踊らされる君主ではない。

肉を切らせて骨を断つ。何かを守るために、犠牲を覚悟で軍を進めたのではないか。

「そう遠くない日に終結する。レイトリンはいくつか不利な約束をさせられるだろうが、ミアを差し出すことはない」

ジークは目を見張った。

「なるほど。もしかしたら女王は、ミカエラ様を再び差し出すことができないように、王城に入れなかったのかしら？」

「俺はそう考えるけど、真実はわからない」

カイラは頑なにミアに会おうとしなかった。そのような娘は知らぬと突っぱねた。ミアはますます女王を恨むようになっているが、キリアンの見方は違った。

この戦の結末はわかりきっている。和平交渉の材料に第一王女の首を言い渡された時、帰国していないと突っぱねることもできる。むしろそうあってほしい、とキリアンは望む。

「もちろん俺は生きて戻る。戦争が終結したら、再びレイトリンを出る」

「ワタシも行くわよ」

ジークがにやりと笑う。

「そんでもって、あのローンウッドの若様とあんたの恋の攻防戦も見届けなくちゃ。王女様は幸いにもエドワード王子に離縁され、今は独身ですものね」

「あんたの関心はそこにしかないのか？」

キリアンは呆れて聞いた。ジークはうふふと笑って片目をつぶる。

「血で血を洗うような戦場で、色っぽい話は重要よ。今夜あたり、どの兵士だって好きな女の夢を見たいと思うもの」

キリアンは瞳を伏せ、酒を一口含んだ。

必ず生きて帰る。それでももし、今夜がこの生命の最後なのだとしたら。確かに、夢の中だけでもいいから、もう一度会いたいとそう願う。

2

「ほんっと、損な役回りよねえ」

ヴェリウスの丘に立ち並ぶ天幕を見やり、ジークはつぶやいた。

「キリアン。先に謝っとくわ。王女様は頑固なお人だから、お考えを曲げないもの」

もちろんその声がキリアンに届くことはない。それでも一応は、謝罪した。

「さてと」

ミアから預かった手紙は二通。一通は、先程キリアンに渡した。もう一通は、昨夜のうちに、諜報（ちょうほう）仲間のつてを使って、グリフィスの陣営、エドワード王子のところへ届けられているはずである。

グリフィス軍は、ククリ川の対岸に陣営を構えている。川幅は広く、流れは急で場所によっては深い。

詳しい作戦はジークには知らされていないが、この数日がレイトリンにとって重要になるのはわかる。

それは、ミアにとってもそうなのだ。

ミアはエドワードへの手紙に、直接会って話したいとしたため、場所と条件も記した。

ジークも内容を確認している。

ククリ川を西に遡（さかのぼ）ると、森が途切れ、滝がある場所に出る。ゲランテの滝と呼ばれ、風光明媚（ふうこうめいび）でちょっとした伝説もある有名な場所だ。そこまで、ここから馬で数刻。一方ミアのほうも、飛ばせば二日で到達できる。

ミアが示した条件は、互いに兵は連れていかないこと。武器も置いてくること。そのふたつのみだが、現実的に考えれば、かなり危うい再会になる。

ジークはミアの表情を見て、わかってしまった。彼女は決意している。

戦は、思っていた以上にレイトリン側の損失が大きい。原因は明らかである。それはエドワードが復讐心に燃えているためだ。王女として、せめてその原因だけでも取り除きたいのだろう。そのため、自分を差し出す。女王の自分への仕打ちからして、今さらグリフィス側に対する切り札にはならないと知りながら、ただ、エドワードの残虐行為を止めるためだけに。

しかし、おそらくそれだけではない。ミアはまだ、希望を捨てきれずにいる。かつて自分が恋をしたエドワードが、ミアが現れることによって、最後の温情を示すのではないかと。

それは甘いとジークは思う。しかし、賭けたいというミアの心情も理解できる。であれば、ジークができるのは、陰ながら彼女を守ることだけだ。

兵は連れていかないという条件に反するが、エドワードとて、単身で現れるとは考えにくい。配下の者を森にひそませ、武力を行使する可能性はじゅうぶんにある。そのためジークも備えなければならない。

もちろん、エドワードが手紙を破り捨て、ミアの誘いに乗らない可能性も高い。ジークが一番願っているのはその展開だ。

ジークは深く嘆息し、頭上を仰ぐようにする。

「ほんと、ワタシもなにやってんだか……」

生まれは決して悪くはない。レイトリンの地方貴族の末子として生を享けた。今とは違う名前だ。幼い頃から利発で運動神経もよかったが、剣の稽古や乗馬と同様に、美しいものに興味関心があった。花や、絵画や、凝った刺繍や、細工物などに。美しい人間も好きだった。男女問わず、美しければ惹かれ、関係を持った。両親は息子の性癖を恐れ、嫌悪し、ジークを僧院に放り込んだ。

しかしそこは、世俗よりよほど醜く穢れきった世界だった。神の代理人を騙る僧たちは色欲にまみれていたし、ジークも餌食になった。ジークは僧院を逃げ出してはつかまり、連れ戻され、折檻され、さらなる辱めを受けた。その時の鞭による傷は、いまだに背に残っている。

それでも数年を耐え忍び、生き抜いて、十八の時に、積年の恨みをとうとう晴らした。聖堂に四人の僧を……人間の皮をかぶった魔物を閉じ込め、斬り殺し、焼いたのだ。

ジークは自ら名乗り出た。当然、処刑されるだろうと思ったが、そうはならなかった。僧院は、デール侯爵の領地内にあり、侯爵は僧侶たちの堕落と非道を承知していた。ジークと対面したデール侯爵は、開口一番、謝ったのだ。

すまなかった、と。

イデスの神殿や聖職者たちはこの国で、強い影響力を持っている。領地内の僧院で行われているおぞましい虐待の報告は受けていたが、慎重に調査を重ねているところだったと。ジークは、どうでもいい、と言い放った。その時点で自分の体は腐り、穢れ、心は死んだも同然だったからだ。

するとデール侯爵は言った。死んだのなら、別人になって生きてみよ、と。

そうしてジークは侯爵のもとで生きることになった。もともとの能力をかわれ、諜報員として、さまざまな仕事を請け負った。

生き続けながら、ジークは、美しいものとの出会いを渇望した。かつて自分は、美しく穢れのない子供で、世界は光で溢れていた。その光を失い、それでもなお生きなければならないのなら、穢れた心身を清めてくれるような美が必要だった。端的に言えばそれは人であり、男女問わず、褥を共にした。それでも己の中の穢れを清める光を見つけることはできずにいた。

そんな時、キリアンと出会った。

ジークに新たな生を与えたデール侯爵の養子は、出自も不明ならば、その気配も不思議な少年だった。いつ会っても、揺るぎない美しい佇まいと、対峙する者をちょっとひるませるほどの澄んだ瞳をしていた。容姿が美しいだけではなく、そっけない態度や、万事において薄い反応や、決して気を抜かない背中などに、ジークは惚れ惚れとしたものだ。

美しく、失った何かを思い出させてくれるような少年を、ジークは気に入った。会うたびにからんで、迷惑そうにされながら、親しみを募らせ、成長を見守った。誤解をする者もいるが、情欲の対象として見たことは一度もない。ただ、彼のそばにいると、かつての自分を取り戻せるのではないか、という気がした。そういう意味で、決して自分が汚していい相手ではないと認識していた。

そのキリアンの氷の鎧を、あっけなくとかしてしまう少女がいた。レイトリンの第一王女で、王女とは思えぬ野性味に溢れた、赤い髪の娘。ジークは彼女がグリフィスに嫁ぐことになるまで、遠目にしか見たことはなく、さして興味も抱いていなかった。粗野で、美しくもなんともなく、王女としての品格など持ち合わせていない、痩せっぽっちの小娘。そんな印象だ。一緒にいるとキリアンの品格を損ねるのでは、などと本気で心配したことさえあった。

しかし。

「森も、湖も、夜空の星も。あなたの前では色褪せるのでしょうねえ、王女様」

ジークは夜空を見上げてつぶやく。

間近に接してみれば、ミアは、驚くほど美しい少女だった。顔立ちそのものではない。いつも真っ直ぐな緑の瞳。あのなんともいえない、深い色合い。激しい喜怒哀楽を、こらえようとする意思の強さ。そのいじらしさ。森で獣を追う時は、自身がしなやかな獣のように。ドレスをまとえばはっとするほどあでやかで、どんな貴婦人も敵わない。

キリアンには言わなかったが、戦場から村に戻りミアを前にした時、ジークは背筋がぞくりとするのを感じた。

確かにやつれ、痩せてしまい、かつてのはつらつとした愛らしさはなりをひそめていた。その代わり、瞳の色が濃さを増した。隠してもこぼれ出て、におい立つような、あの危うい美しさ。もしかすると、エドワード王子でさえ、彼女と再会すれば、恨みなど忘れてしまうかもしれない。

そう思わせるほどの……色香とは違う、この世で唯一無二の、あの美。

『大切な者をむざむざ死なせたくはないという、ごく平凡な心も持ち合わせているのですよ』

ジークがそう言った時。

ミアの大きな目の縁が、みるみる赤くなった。彼女はあまり人前で涙は見せない。あの時も、必死に目を見開いて、泣くまいとしていた。

ジークは息を止めて、彼女の顔を見ていた。不敬にあたる行為だとわかっていたが、目をそらすことができなかった。

美しかった。あまりにも。

ミアは、ジークに背を向けて、細い肩を震わせ、こらえきれないように、人差し指で涙を払った。その瞬間、ジークの右目からも、一粒の涙が伝い落ちた。そんな自分に驚愕しつつも、正しく理解した。

自分は、とうとう、取り戻したのだ。長い間失っていた、穢れのない美しさを。それは、ミアの想いに応えたいという、彼女を守りたいという、己の中の、純粋な忠義心に他ならなかった。

美しさを、他者に求めてきた。しかし、失ったはずの美は、己の中に根を残していた。それがいつの間にか、再び育っていたのだ。

だから、行く。損な役回りだとつぶやいてしまったが、本意ではない。

ミアの行動が正しいか、正しくないか。後の歴史がどう判断しようと、関係ない。

ジークはフードを深くかぶり、軍営に背を向けると、夜の森に入った。

3

ミアは夜通し、馬を飛ばした。途中で馬を替えるため、アンナ・マリアではない馬を使った。男装し、宿はとらず、道端の木の後ろで短い仮眠だけを取って、月明かりを頼りにただひたすら走らせた。

ゲランテの滝まで、ギルモア領から強行軍で一日半。順調に行けば明日正午には着く。往復に三、四日要するが、ハンナたちには、グリンダのところに寝泊まりすると言ってきた。グリンダは容態が比較的落ち着いてはいるが、本当なら目は離せない。馴染(なじ)みの村人数人に付き添いを依頼し、いざとなれば領主館に知らせるように頼んだ。

それでも後ろ髪をひかれる思いだ。自分が留守の間、祖母の容態が急変しないことを祈る。

万が一を考えないわけではない。エドワードの気持ちひとつで、ミアは命を失うだろう。それでも、一縷(いちる)の望みをかけた。どれほどエドワードがミアを恨んでいても、最後に会う機会をくれるのではないかと。

もしも拘束(こうそく)されたり、命を落としたとしたら……グリンダには会えない。しかし、戦で多くの人命が失われている今、個人の思慕を優先させることは、許されないことだ。

馬を駆りながら、ぐるぐると同じことばかり考えた。幾度か疲れでぼんやりし、あやうく落馬しそうになりながらも、なんとか予定より半刻ほど早く、現地に到着した。

東西を森で挟まれた、名勝ゲランテの滝だ。

滝は、落差は低いが幅が広く、手前は満々と水をたたえた滝壺になっている。ちょうど、花の季節だ。周囲には背丈の低いリラの木が群生し、水面に美しい赤紫の小花が散って、まるで絨毯(じゅうたん)のように広がっていた。

滝壺を溢れた水と花びらは、段差のある広い岩場を経由して、ククリ川と合流し、さらに東へと流れてゆく。

美しい季節で、空には雲ひとつないのに、戦時下のためか、誰もいない。ミアは西側の森を背にして、濡れた岩の上に立った。そのあたりは水位が低く、徒歩で滝の反対側に渡れる。エドワードが来るとしたら、その方角からだ。

天気はいいが、風が少しある。マントのフードをおろし、乱れた髪を押さえ、光り輝く水面を見やった。滝の音が耳に涼しく、風によって運ばれる細かな水しぶきが髪や頬を濡らす。森の奥からは百舌鳥の声が聞こえる。

エドワードのことを、考えた。

まずは、フランセットの死について話さなければならない。懐から、あるものを取り出す。陽光に照らされ、内部に閉じ込められた虫の様子がはっきりとわかる。琥珀だ。フランセットがエドワードにねだり、肌身離さず身につけていた石だ。それを、今際の際にミアに託した。

彼女と自分にかけられた呪いのことは、彼に伝えることはできない。なぜなら、ミアを呪ったメトヴェは言ったからだ。

『この枷の存在を明かせば、相手の男はイバラの棘に心の臓を突き破られ……』

自分やフランセットの秘密を明かさなくても、真実を伝えることはできる。フランセットは、エドワードの妹は、彼女自身の護衛の手にかかって死んだ。たとえすぐには信じてもらえなくても、ミアには真実を告げる義務がある。それはかつて嫁いだ者への、誠意でもある気がした。

真実を伝え、エドワードの怒りを少しでも和らげることができれば、戦の結果が変わらなくても、そこに至る過程はましなものになるかもしれない。

ミアを拘束し、処刑するというのなら、甘んじてそれを受け入れようとさえ考えた。しかし、その気持ちに変化が生じている。月夜の晩に、セオドールの過去を見たからだ。

ここで死ねば、誰が笑う？　おそらく、フランセットを死に追いやった者たちだ。

ミアは顔をあげた。

水場の反対側、東の森を睨みすえる。森を知り尽くしたミアの耳が、馴染み深い、弦(つる)を引き絞る音を拾う。

続いて、空気を引き裂く音。

来る。

ミアは体をねじって、森から射かけられた矢を避けた。それは明らかに、ミアの心臓付近を狙って放たれたものだ。

後方に飛び、濡れた岩から離れる。次々に矢が降ってくる。自分の耳と勘を頼りに矢を避け、大きな岩の後ろに身を隠した。

武器はすべて、馬と一緒に森に置いてきた。そう約束していたからだ。

岩からそっとのぞき見ると、東の森から、兵士が現れた。

緋(ひ)色のマントに鈍(にび)色の鎧兜(よろいかぶと)。グリフィス兵だ。数は四人。全員が剣を手に、岩場を渡ってこちら側に来ようとしている。

ミアは一瞬だけ、きつく瞳を閉じた。

エドワードは、ミアを拒絶した。

ふたりきりの話し合いを拒んだばかりか、ミアを拘束し会うことさえ、選択肢にならなかった。先程射かけられた矢は、確実にミアの命を奪う一撃だった。

瞳を開く。気持ちは不思議と冷静だ。素早く周囲を見る。背後の森に飛び込み、馬があるところまで走ったとしても、すぐに追いつかれる。向こうは剣の他に弓矢を持っている。それもかなりの手練だ。

武器になりそうなのは、あたりに散らばる石だけ。とりあえず、石をつかむ。水を散らす音が強くなり、もうすぐそこまで迫ってきている。ミアが隠れている場所も当然把握しているだろう。

額に汗が噴き出す。頭の中で反撃の段取りを考える。もう少し近づけてから飛び出し、石をぶつけ、ひとりから武器を奪う。残る三人が同時に斬りかかってくるだろう。しかし、それしか手はない。

歯を食いしばった。石を持つ手に力をこめる。その時。

背後の森で下生えが激しく揺れ、背の高い男がふたり、飛び出してきた。

ミアは目を疑った。

ひとりは銀色の髪の痩せた男、ジーク。もうひとりは、なんとセオドールだ。ふたりともどうしてここに、と考えている暇はない。

セオドールが、剣をこちらに放り投げつつ、グリフィス兵に斬りかかった。ミアは一瞬反応が遅れたものの、なんとか宙で己の剣の柄をとらえ、構え直し、岩の後ろから出た。

その時にはすでに、激しい斬り合いが始まっていた。兵のひとりがすぐさまミアに向かって剣を繰り出してくる。ミアはそれを渾身の力で真横に払い、いったん体勢を整えると見せかけて素早く踏み込み、反撃した。しかし、訓練された兵士はさすがに強い。しばらく攻防が続く。途中で派手な音を立てて兵士のひとりが水に沈んだ。やったのはセオドールで、背後に回ったふたり目も、振り返りざま斬りつけた。ジークも軽やかな剣さばきで敵を押しているが、見ている余裕はミアにはない。押し寄せる圧倒的な殺意に対抗するには、こちらも明確な意志を持たなければならない。

つまり、殺す。殺さなければ、殺される。そういう場面で逃げることは死を意味する。

幼い頃から、弓矢で動物の命を獲った。生きるために。キリアンに剣を習ったのは、いつか大陸を旅するためだった。

人の命を奪うためではなかった。

兵士の攻撃が激しさを増す。その背後に、セオドールが迫るのが視界に入った。彼はもちろん、目の前のこの兵を殺すだろう。しかし、これはミアの役割だ。

ミアは相手の剣を再び払い、地を蹴って、下から潜り込むようにして懐に飛び込んだ。剣は、相手の心臓に深々と突き刺さった。

その生々しい手応えと、相手が絶命する瞬間の顔を、しっかりと脳裏に焼きつける。剣を引き抜いた。血が迸り、男が声もなく倒れた。

ミアはしばらくの間、肩で息をしながら、自分の足元に倒れ伏す男の屍を見下ろしていた。顔や手についた血は生温かく、動物たちのそれとなんら変わりはない。それなのに、死というものが、黒く重い塊となって、みぞおちに食い込んできた錯覚に陥る。

食べるためではないのに、命を奪った。ミアが人を殺した、今日は最初の日――。

「王女」

ジークに呼ばれ、はっとした。ジークは自分が戦っていた男を拘束し、地面に膝をつかせていた。背後から、剣を首にあてている。そこまで行こうとして、膝から急に力が抜け、よろめいた。セオドールが咄嗟に腕をつかみ、ミアを支える。

ミアは彼を見上げた。

「……ついてきたの?」

彼は、小さくうなずく。なぜ、と問おうとして、瞳を伏せた。セオドールは口がきけないが、その分周囲を観察している。ミアの様子に気づいたのだろう。もしも逆の立場なら、ミアも彼をひとりでは行かせない。

同じ理由で、ジークも来た。手紙を読むなと言われ、読まないはずがない。

ミアはセオドールの手をそっと自分の腕から外し、ゆっくりと歩いて、ジークが拘束している兵の前まで行った。

「答えなさい」

こちらを見上げる兵士に、問う。

「わたしを殺そうとしたの？」

兵士は「そうだ」とすぐに答えた。

「あなたは我が国に嫁ぎながら、母国と共謀し、グリフィスに混乱と王女の死をもたらした。国王陛下からも殺害命令が出ている」

「……ここに来たのは、誰の命令で？」

兵士はつかの間押し黙ったが、つとミアを睨みつけるようにすると、答えた。

「……我々はエドワード王子殿下の命によってのみ動く」

ミアは顔を滝のほうへと向ける。リラの花びらが美しく舞い散り、水面に落ちてゆく。

彼とこの光景を、どんな関係で見ようと思ったのか。ミアは彼の敵であり、彼もまた、ミアが大切に思う者たちの命を脅(おびや)かす存在となった。

何かがすとんと腹に落ち、混沌としていたざわめきが、静かに冴え渡っていく。

わたしは、わかっていて来たのだ。エドワードが自分を拒み、あるいは殺そうとしていることを。そして、待っていた。彼の意志が明白になり、ミアのほうも、もう迷わなくてすむようになる日を。

やるだけのことはやったのだ、と自分を納得させるために。

「ジーク。この者を、解放して」

ジークは、ええ？　とつまらなさそうな顔をする。

「いいんですの？　ご自分の命を狙った者ですのに。切り刻んで魚の餌にでもしたほうが有効では？」

「温情ではないわ。伝達させるためよ」

ミアは兵士に言った。

「戻ってエドワードに伝えなさい。了解した、と」

あなたの殺意や、揺るぎない復讐心を。レイトリンを滅ぼすのに、一片の迷いも情も介在しないのだと。

兵士は立つと、ミアに軽く頭を下げた。よろめきながら水辺を離れ、森へと消えてゆく。

「王女様、これを」

ジークが水に浸した布を渡してくれて、ミアはそれで顔や手についた血を拭った。

「ご命令に背き、申し訳ございませんでしたわ」

などと、けろりとした顔で言う。ミアは首を振った。

「来てくれなかったら、死んでたわ。ありがとう。セオドールもね」

人の気配には敏感なのに、ミアは彼に追跡されていることにまったく気づかなかった。

「ひとりでやれるつもりでいたけど、結局誰かに守られているってことよね」

「守られていることも含めて王女様ご自身の資質なんですから、開き直ってくださいな」

「うまいこと言う」

ジークはふふっと笑って、さてと、と肩のこりをほぐすようにした。

「もうあんまり若くはないんで体がつらいですが、このまま戦地にとんぼ返りいたしますわ」

「状況は？」

「我が軍が橋を壊したんで、グリフィス軍はククリ川で足止めを食らっていたんですが、間に合わせの橋がまもなく完成しそうでしたからね。今頃進軍を再開しているはずです」

ミアはうなずいた。

「わたしも急いで戻るわ。民をできるだけ避難させる」

「それがよろしいでしょう。川を渡られ、アルギスの石門を抜けられたら、サフールはもう目と鼻の先です」

「……気をつけてね。ジーク」

「はいはい」

「次に会ったら、肩をもんであげる」

「わあ。それは絶対に生き残らないと」

「そうよ」

ミアは薄く微笑(ほほえ)み、ジークが去るのを見送った。振り返ると、セオドールが腕組みをして岩によりかかり、ミアを待っていた。

ミアは彼と共に、滝を離れた。


話は、その一日前に遡る。

グリフィス軍の若き参謀ローガン・ウォリック子爵は、ククリ川の南側に設けられた軍営を歩き回っていた。

斧(おの)を木肌に叩き込む軽快な音が絶えず響き、次々に切り倒された樹木が運ばれてくる。

兵士たちは剣や弓矢の訓練は受けていても、木材を調達し、適切に組み立て、橋を架ける技術は持ち合わせていない。しかし、作業は順調な様子だ。ローガンは、責任者に抜擢された軍曹と短い会話をした。

「明日には完成しそうか？」

「は。天候が崩れなければ、明日正午には間に合うと思われます」

「ふむ。予定よりだいぶ早いな」

前の城を落としたあと、追われるレイトリン・ラウロス軍が橋を壊したのは正直、想定外だった。ククリ川にかかる橋は、レイトリンにとっては生命線でもある。この川を越えなければどんな国の隊商も入ってこられない。自給自足が難しい国で、この先、食料の輸入なくしてどう持ちこたえるつもりなのか。もっともそれだけ、敵は追い詰められている。

一方で、グリフィス側には余裕がある。そもそもの兵も多いし、各都市から調達する補給部隊も万全だ。兵士は、飢えなければ多少の怪我は耐えられるし、慣れない土地で樹木を伐り倒す作業も問題ない。

ここまで二城を落とし、戦はグリフィスが優位である。あと数日で、レイトリンの王城をも掌中におさめることができるだろう。

ただし、問題がないわけではない。

ローガンは嘆息し、額にかかる褐色の髪を払った。彼は二十二歳とまだ若いが、国にいれば、第二王子の将来有望な側近として、一目置かれる人物だ。自分でも、己の有能さは自負している。公私ともにエドワードを支え、王子の輝かしい未来のために、自分はいなくてはならない男なのだ。

そんなローガンだが、にわかに生じた問題に頭を痛めている。普段はあまり思い悩まず意思決定をするのに、どうにも決めかねる問題なのだ。当然、主であるエドワードの指示を仰ぐべきではある。しかし、指示を仰ぐことそのものを、躊躇する理由がある。

「殿下。入ります」

ローガンは一声かけて、陣営の中心地に建てられた幕舎に入った。

そこは作戦本部でもあるが、今はエドワードしかいない。彼は椅子の背もたれに背中を預け、足を投げ出すようにして、仮眠をとっていた様子だった。

「お休みのところ申し訳ございませぬ」

「構わぬ」

エドワードは目を閉じたまま答える。次々に勝利をおさめているのに、眉間に皺を刻み、厳しい表情だ。痩せたな、とローガンは観察する。もともとエドワードは、物語に出てくる王子そのものの容姿をしている。豊かな金色の髪に、切れ長の灰色の瞳。顔立ちは甘く、口にする言葉は優しく穏やか。これまでにも数多くの貴婦人が彼に想いを寄せ、のぼせあがった。彼が異国の王女と結婚した時は、涙した女が数多くいたはずだ。

しかし、目の前にいる彼は違う。痩せたせいか鋭く神経質な印象を抱かせる。実際、国を出てからエドワードは他者に対する余裕がない。本当の彼は、どんなに優しげに振る舞っている時も冷静沈着だったし、甘い言葉をささやきながらも、物事を鋭く深く見極める目を持っている。

そのエドワードは、今、敵軍の兵士に容赦がない。逃げる者を執拗に追わせ、とらえ、残虐な方法で殺した。無表情に次々と捕虜の首をはね、城門の前に並べさせた時には、人に対する尊厳などかけらも持ち合わせてはいないようだった。

それほどまでに、恨みは深い。

それほどまでに、愛していたということなのだろう。それはわかるが、ローガンの立場では、一日も早く、主にもとの冷静さを取り戻してほしい。

そう願うからこそ、悩むのだ。懐にあるものを、主に渡すべきかどうか。

「橋ができたのか?」

エドワードはそう聞いた。ローガンは、我に返る。

「あ、いえ。明日正午にはと、申しておりましたが」

「急がせろ。夜陰に乗じて突撃すれば、ここで殲滅できる」

「……殿下。本気ですか？」

思わず聞くと、エドワードはようやく目を開いた。冷たく凍りついた眼差しに、ローガンは息を止める。

「なにがだ」

「夜に川を渡るなど、こちら側にも犠牲者が出ます。確かに我が軍は優位に立っておりますが、油断はなりませぬ。このあたりはなんといっても敵地なのですから、どこにどんな罠があるかもわかりませぬし」

「そんなことはルーベンがさんざん喚いている」

ルーベンとは、グリフィス軍の元帥の名だ。今回の戦では、表向きにはエドワードが指揮をとってはいるが、実際に国王サミュエル二世から兵権を任され、軍を動かせるのはルーベン元帥である。

「殿下、実は……」

ローガンは言いかけ、口をつぐんだ。エドワードが、さらに鋭い瞳でローガンを見たからだ。

苦しみは日に日に増し、己を深く傷つけている。これ以上、主を混乱させるわけにはいかない。

「……鷹が、戻りました」

鷹とは、グリフィスにおいては王族が使う諜報員たちのことをいう。

エドワードは、かすかに身じろぎした。ローガンは一気に言った。

「ミカエラ様は故郷の地を踏まれましたが、王城には入れず、現在、ギルモア領においでです」

「……あの者が母親にねだった土地だな」

「さようです」

黙り込むエドワードに、ローガンは、少し緊張しながら聞いた。

「殿下。この先、王城もしくは近隣で王女をとらえたら、どういたしますか」

「彼女を処刑することはわかりきっている」

「その場で殺しますか。それとも、とらえ、然るべき裁判にかけますか」

エドワードは当然覚えているはずだ。グリフィスで、最初にレイトリンの挙兵が明らかになった時。ミカエラはとらえられ、名ばかりの裁判のあとに処刑されるはずだった。それを阻止しようとしたのは、エドワード自身だ。ローガンは彼の命で、ミカエラに似た背格好の遺体を用意し、王子妃をひそかに逃がす段取りを整えていた。

その彼女が、よりによってフランセット王女を殺し逃亡したことが明らかになった時、エドワードは命じた。必ずとらえる。生死は問わない、と。それは、抵抗すれば殺しても構わない、たとえ遺体となっても目の前に引きずり出せ、ということを意味していた。

ローガンは確認したい。今もまだ、そのように考えているのか。

「彼女がどこに、誰といようと」

エドワードは低い声で言った。

「敵国の王族として、命を差し出させる。グリフィスの王族を殺めた罪も、その命で償わせる」

しかし、と続く声は、さらに低かった。

「……兵には殺させるな。僕のところに連れてくるのだ。この耳で彼女の言い分を聞き、この手で直接殺してやる」

「……御意」

ローガンは深く頭を垂れた。幕舎を出る時、振り返ると、エドワードは天井を睨むように見上げていた。

幕舎を出たローガンは、陣営を横切り、人目につかない場所で待機させていた数人の兵士のところへ行った。

「……では、命じたとおりに行動せよ」

「畏(かしこ)まりました」

兵士たちは目立たないよう静かに馬を引き、陣営から離れていく。

ローガンは嘆息し、懐から手紙を取り出した。

今朝方、鷹から手渡された密書である。差出人はミカエラ・ギルモア・レイトリン……エドワードが今、もっとも憎む、かつての妻だ。

彼女は、エドワードに会いたいという旨(むね)を記していた。戦をなんとかして止めたい。止めることができなくても、グリフィスの体面が保てるよう、尽力する。フランセット王女の死についても話す。だから、ふたりきりで話し合う機会が欲しいと。場所も指示されていた。

ローガンは目を閉じ、眉間を軽くもむ。

ミカエラ王女……。

そもそも、エドワードが彼女に求婚した経緯は、国の思惑が前提にあってのことだ。サミュエル二世は、レイトリンの鉱山に目をつけたのだ。レイトリンのさらに北方、氷河に接するオネリス山に埋蔵されている鉄鉱石に、おそらく女王カイラも気づいていない。サミュエル二世は虎視眈々(こしたんたん)と、北の貧しい国の、最後の財宝にまで触手を伸ばすため、第二王子にレイトリンの王女を娶(めと)らせようとした。

計画はうまくいった。誤算だったのは、エドワードが相手に恋をしてしまったということだけだ。

そのせいで、エドワードは苦しむはめになった。

今、もし、エドワードが彼女に再会したら？

怒りのあまりその場で殺してしまうか、とらえてどこかに閉じ込めるか。どちらにせよ、エドワードの戦意は喪失する。

だからこそローガンは、主の心情を正しく把握したかった。

結果、どうやらエドワードはミカエラを憎みきれずにいる。迷い、苦しみ、許したいのに許せず、殺したいのに殺せない。

主を尊敬しているが、今のエドワードは、あまりにも危うい。己の感情を制御できずにいる。そんな状態で、王女に会わせるわけにはいかない。後にこのことが明るみになれば、然るべき処罰を受けるだろう。それでも、ローガンの真意は理解してくれるはずだ。

どのみち、今さらミカエラがこちらの手に渡ったとしても、戦が終結するはずもない。ただ、エドワードを翻弄(ほんろう)し、惑わせるだけである。

少し前までローガンは、変な話だが、ミカエラに生きていてもらいたいと考えていた。

ミカエラが国家反逆罪でとらえられ処刑されそうになっていた時も、エドワードに命じられる前に、彼女の救済方法を考えていた。

ローガンは、エドワードはいずれ、帝都にのぼるべき人物だと思っている。彼はグリフィスの第二王子であり、国王は、第一王子コクランを次代の皇帝にと考えているとされている。

しかし、その資質においてもっとも皇帝の座にふさわしいのは、エドワードだ。彼が帝都ナハティールの皇座に座る時、隣にいるのは、ミカエラこそがふさわしいと思っていた。だてに王子妃の秘書官だったわけではない。その人となりを見て判断したことだ。

エドワードには今、ロクサーヌという側室がいる。美しくたおやかな、エドワードの幼馴染み（おさななじみ）の令嬢だ。しかしどれほど彼女が美しくても、皇妃になる器（うつわ）ではない。

「……残念です、ミカエラ妃殿下」

ふたりが夫婦として並び立つには、縁がなかったのだろう。彼女が王子から逃げさえしなければ、ローガンはどんな手段を使ってでも彼女を救った。しかし、彼女は逃げた。逃げる女を追いかけ、つかまえて、皇妃に据えるなど、エドワードがそこまで自分を貶（おとし）める必要はない。

ローガンは手紙を逆さにして、手のひらに落ちてきたものをじっと見下ろした。片方だけの真珠と緑柱石の耳飾り。これはエドワードが、嫁いで間もないミアに贈った品だ。

ローガンは、手紙を赤々と燃える篝火(かがりび)にそっと投じ、確かに燃え尽きるのをその目で見守ったのだった。

4

前日まで晴れていた空に、厚い雲が広がった。午後には雨が降り出すだろう。雨は、兵士たちの体力をさらに奪う。戦が長引くことは、どの国の兵士にとっても本意ではない。

キリアンは少数の精鋭部隊を連れて、崖の上の森から坑道に入った。湿った岩の壁に耳を当てると、砂礫を踏み分ける人馬の音が伝わってくる。

アルギス渓谷への抜け道は、地元の者しか知らない。谷に出たところでグリフィスの部隊を分断し、中央付近にいるはずの敵将と刃を交える作戦である。デール侯爵率いる先鋒(せんぽう)隊は谷が歪曲(わいきょく)する地点で待ち伏せ、グリフィス兵を叩く。同時に後方からラウロス軍が攻め上がり、精鋭部隊の惑乱を利用してことごとく敵軍を殲滅する計画になっていた。

事は順調に進んでいた。キリアンと十一人の仲間たちは、坑道から茂みを抜けて、谷底の道へ躍(おど)り出た。不意を衝(つ)かれたグリフィス兵たちは大いに乱れ、すぐに血で血を洗う戦闘が始まった。同時に前方からも、怒号が聞こえてくる。義父は足並みを揃えることに成功したのだ。

キリアンは並みいる敵を斬って、斬って、斬り続けた。濃厚な血のにおいが谷に充満し、幾人もの死体が転がってゆく。体勢を大きく崩したグリフィス兵の阿鼻叫喚の中、キリアンは敵を斬り捨てながら敵将を目指した。

深く兜をかぶって緋色のマントをはためかせる、馬上の男。その男が、キリアンを見ていたかと思うと、こちらに駆けてくる。キリアンは剣を構え直す。相手は、数歩手前で馬から飛び降りると、宙から躍りかかってきた。その無謀とも思える激しさに、キリアンは驚いたが、反応が遅れるほどではなかった。必然、すぐに剣を交えたが、幾度か斬り結び、お互い同時に飛ぶようにして距離をとった。

相手が兜を脱いだ。その時には、すでに気づいていた。

「エドワード王子」

敵将は、グリフィスの第二王子、エドワードだ。

金の髪は記憶にあるより濃く輝き、キリアンを見据える瞳は冷たく、それでいて肌を焼くような熱を帯びている。

互いに無言で睨み合った。すると、精鋭部隊のひとりがキリアンに向かって叫んだ。

「……少将！　ラウロスが、来ません！」

どういうことだ。キリアンはエドワードから視線をそらさず、背後の声を聞いた。

「峠（とうげ）を東へと抜けてゆくのを見た者が……」

エドワードが、キリアンを見たまま言った。

「裏切りがあったようだな」

裏切り？　ラウロスが裏切り、国に戻った？　エドワードはさらに、

「裏切り者は殺す。おまえにもその道理はわかるだろう？」

そう言って、瞳を獣のように光らせると、唸（うな）り声をあげてキリアンに斬りかかってきた。それを受け止めた直後、背後にいた仲間がくぐもった声をあげて絶命した。そして気づけば、キリアンはエドワードのみならず、多数の兵士に囲まれていた。

「勝負あったな」

エドワードが低い声で、死を宣告する。キリアンは顎（あご）を引き、腰を深く落とすと、もう一度、剣を構え直した。

一刻後――谷底の道には多くの遺体が溢れたが、その多くはレイトリンの青いマントをまとう兵士たちだ。

先発隊だったデール侯爵の軍は半滅。半分は、アルギスの石門向こうへ辛くも逃れたようだが、将軍は最後まで退くことをよしとせず、自ら盾となって配下の者たちを逃した。結果、彼はグリフィス兵に斬首された。また、キリアン含む十二人の精鋭部隊も——誰ひとり、石門を通過しなかった。

エドワードは剣についた血を払い落とし、額や頬に浴びた返り血も手の甲で拭った。おびただしい遺体を蹴散らしながら谷を抜けて、石門前に到達する。

「殿下。敵将です」

差し出された老将の首を、なんの感慨もなく一瞥した。

「突破は」

「もう間もなくかと」

すでに巨大な丸太を積んだ破城兵器が用意され、激しく門を打ちつけている。破城兵器は、火矢や投石の攻撃から操作部隊を守るために三角屋根を有した荷車だが、今、頭上から振ってくる矢や石は、想定以下の数である。おそらく門向こうの兵士たちは、傷病兵がほとんどだろう。まっとうに戦う体力も気力も残ってはいないのだ。

ほどなく門は破壊され、エドワードは馬にまたがると、ゆうゆうと向こう側へと通り抜けた。

そこからは整備された道が王都まで続いている。この進軍速度だと、途中で一度休憩をとったとしても、一両日中にサフールの都に入ることができるだろう。

左右の森は深い。しかし、レイトリンの残党は再び襲撃を仕掛けてくる余力はないようだ。勝利は目前にある。

馬上で静かな森の風に吹かれながら、エドワードの体はまだ熱く滾っていた。

先程自身が遭遇した光景を、繰り返し頭に思い浮かべては、納得させようとしている。

あれは、どういうことだったのか？

幻を見たのか？　それとも……魔か？

手綱を握る手に力がこもる。魔だと？　どうかしている。神も魔法も、エドワードは信じない。五王国には神話が溢れているが、エドワードは生まれてこの方、説明のつかない事象に遭遇したことはない。

では、先程の光景は――戦の異様な熱気が見せた白昼夢のようなものか。

キリアンは多くのグリフィス兵に囲まれ、よく闘ったが、エドワードの渾身の一手を逃れることはできなかった。

肉を斬る感触と、飛び散った血の温かさは、本物だったはず。

あの瞬間、息をのむほど鮮やかな青い瞳が、エドワードを見た。

ほんの数ヶ月前に、グリフィスの地下牢で格子越しに対峙した時と同じ、迷いのない冴えた色の瞳だ。

彼女が、あの男をどれほど大切に思っていたかを知っている。レイトリンで共に育った幼馴染みであり、常に、王女の日陰にいて守り続けてきた男。

『おまえはミアを愛している。違うか？』

『――違わない』

そう、はっきりと答えた。男は王女に忠実で、グリフィスから彼女を連れて脱出した。どのような逃避行を経たあとか、無事にレイトリンに帰り着いたということを、つい先日知らされたばかりだ。

ローガンから、その報告を受けた時の自分を、まざまざと思い出す。

無事だった……。エドワードは追跡の手を緩めなかった。街道と要所の街や村に通達を出し、見つけ次第とらえるよう厳命した。抵抗するならその場で殺してもよい、とも。

ミカエラたちは街道を使わなかった。西国ローンウッドから回り道をしたのでは、という説が濃厚だったが目撃証言は得られず、最後の要所となるべきマルト城へも協力要請をしたが、有益な情報はなかった。

山野を逃げ回るうちに獣に襲われたのか、餓死したのか……と考え、その都度エドワードは苦しんだ。

それが無事に故郷の土を踏んだと聞いて――思わずひとつ息が漏(も)れた。遅れて自分の心臓が、痛みを伴(ともな)って一拍跳ねた。

これを未練といわずしてなんというだろう。

エドワードは、確かにまだあの娘を愛しているのだ。だからこそ、憎い。この手からこぼれ落ちるようにして逃げ出し、エドワードを出し抜き、罪のない肉親を殺し、他の男との逃避行を選んだ彼女が。最後まで、なぜ心変わりをしたのか、頑(かたく)なに言おうとしなかった彼女が。

ローガンに問われる前に、すでに何度も自問していた。

このまま王都に入り、彼女を前にした時。どうするべきだろうかと。剣を、彼女の胸に突き立てるのか。それとも、骨が砕けるほど強く抱きしめるのか。

その両方かもしれない、とエドワードは考えている。彼女を抱きしめ、接吻(せっぷん)し、それから、殺す。そうでもしなければ、フランセットは浮かばれない。いや、本当はわかっている。己自身を解放するためだ。彼女への未練を断ち切り、先に進むためにも、エドワードはミアを捜し出し、その死を見届ける必要があるのだった。

第八章　燃える王城とイバラの守護

A Witch in the Forest of Impureness

1

ゲランテの滝からセオドールと共に戻ったミアは、さっそく領民に避難を促すことにした。グリフィスの軍勢はもうすぐそこまで来ている。

「ギルモアもサヴィーニャの村も、王城に近い。このままここにいるわけにはいかないわ」

たとえ戦に負けても、一般の村民まで皆殺しにすることはないはずだ。ただ、戦の最中であれば、当然のように暴行や略奪行為が考えられる。戦況が落ち着くまで、どこかに避難する必要がある。

「女王陛下は本当に門を開いてくださらないのですか」

ハンナが眉をひそめて聞く。

王城へは、何度も使いを送ったし、ミア自身も訪れている。ミアのことはともかく、村民は中に避難させてほしいと頼んだ。しかし返答はなく、門が開かれることもなかった。

「今日あたりもう一度行ってみるつもりよ」

「もし、それでもだめだったらどういたしますか」

「禁断の森へ」

ハンナとルイスは顔を見合わせた。

「しかし、あそこは入ったが最後、帰ってこられないのでは」

「深い森だからそういう不幸な人もいたけど、わたしは帰ってきた。迷いやすいということは、敵も入ってこられないということ。もしも王城に入れてもらえないのなら、今準備している非常食や荷物を馬車に乗せて、明日にも出発しましょう」

その準備のために、戻ってきた。領地の代理人でもあるセルダ爺さんをはじめ、責任者数人を選び、今後のことは指示してある。女子供、老人が多いから、本当は森の奥への避難は避けたかった。グリンダは病だし、ネリーは足腰が相当弱っている。

ミアはグリフィスから逃げてくる時に山野で寝泊まりをしたが、あれを体力のない者たちに長期にわたって強いるのは過酷だ。

それにもし禁断の森へ逃げるなら、あの森の主にひとこと断りを入れておく必要がある。ダグ・ナグルに頼めば、もしかしたら、大勢の人間が滞在することを許してくれるかもしれない。そしてナグルが許した以上、誰もあの森で迷い、死ぬことはないはずだ。

村人は食料のほか、武器になりそうな農具なども準備している。ミアは今日、王城へ最後の懇願に行く前に、先に禁断の森へ行ってナグルに会ってくるつもりでいた。

外に出て、アンナ・マリアに乗ろうとした時、ミアははっとした。何か不吉な気配を感じ、森に目を凝らした。心臓がドキドキして、手のひらに妙な汗をかく。暑いのか寒いのか定かではなく、ただ指先が痺れたように震えだした。

「……ジーク!」

森から、馬が出てきた。馬上のジークは血まみれで、自身の右肩を押さえながらこちらに近寄ってくる。

ミアも彼に駆け寄り、馬から下りるのを支えた。ぷんと血のにおいが鼻をつき、手がねっとりと汚れる。かなり深い刀傷を負っているようだ。

「ルイス!」

屋内に向かって叫ぶと、すぐにルイスが出てきて、ジークを支えた。足元がおぼつかないほど意識が朦朧としている彼を、一緒に支えながら、中に入る。

「ハンナ、テーブルの上のものをどかして」

食卓テーブルの上に、ジークをそっと横たえる。上着を脱がせ、シャツを破ると、右肩から胸にかけての刀傷が露になった。幸い血は止まりつつある。急所もそれている。ほかにもいくつか矢傷なども見られたが、ミアはとりあえず薬酒で傷を消毒し、軟膏を塗りつけた。清潔な布をあて、包帯をきつめに巻く。その間、ハンナやネリーがジークの靴を脱がせたり、水を飲ませたりした。

「……王女様。お話が」

「し。もう少し待って」

ミアは胸の手当てを終え、腕の傷にうつろうとしていた。しかしジークは頑なにそれを固辞する。

「今すぐに、お伝えしなければなりません」

ミアは、手を止めた。

問うように、ジークを見る。まさか。いや、そんなはずはない。

「キリアンは？」

その名前を口にすることも怖かった。ジークは苦悶の表情を浮かべる。ミアは耳を塞ぎたかった。しかし、瞬きもせずジークを見据え、促す。

「どうしたっていうの。一緒じゃないの？」

「……アルギス渓谷で。キリアンの部隊は、敵軍に奇襲をかけたんですが、作戦に協力するはずのラウロス軍が、裏切ったのです」

ジークはおかしい。普段の言葉遣いではなく、妙に畏まっている。

「ラウロスが……裏切った？」

「ラウロス軍は敗戦を見越してしっぽを巻いて逃げ出したのです。レイトリンの軍勢を犠牲にして、敵兵の目を欺き、作戦に参加しませんでした。結果、我々は孤立無援となり

……キリアンは」

「無事なんでしょう?」

「彼は、少数の精鋭部隊を率いていました。グリフィス軍を分断する位置で部隊と共に奇襲をかけ、敵の将を討ち取る作戦です。しかし、作戦は失敗しました」

失敗。しん、と屋内が静まり返る。ミアはジークの腕を取って、手当てを再開した。しかし手が震えて、包帯がうまく巻けない。

「王女様」

ジークがミアの手首をつかむ。顔をあげると、彼の瞳に悲しみを見た。ミアはつぶやいた。

「キリアンは遅れているだけでしょう?」

「王女様」

「ジーク。そんな顔はやめて。みんなも、どうしてそんなに悲しい顔をしているの」

ハンナが顔を覆っている。ジークは、ゆっくりと首を振った。

「ミカエラ様。キリアンは戦死しました。重傷を負った精鋭部隊のひとりが、今際の際に

言い残しました。キリアンは、エドワード王子の刃に倒れ、絶命したと。遺体をなんとしても回収したかったのですが……石門が閉ざされ、戻れませんでした。兵の話では、王子がその場でキリアンの首をはね、持ち去ったとも……」

「もうやめなさい、ジーク！」

ハンナが叫んだ。

「それ以上言う必要はないよ」

ミアの手から、軟膏が音を立てて落ちた。同じものを作ってジークに渡したのはつい先日のことではなかったか。怪我をしても、この軟膏はよく効くのだ。どんな刀傷だって治すことができる……。

ミアは、ぎゅっと一度目を閉じ、開くと、ふらりと立ち上がった。

「信じない」

「ミカエラ様」

「この目で見ていないものは、信じない」

「王女様」

「……わたしを置いて逝くはずがない！」

ミアは叫び、領主館を飛び出した。外で待機していたアンナ・マリアに飛び乗り、一気に森へ駆け込む。

めちゃくちゃに森を駆けた。森の音が後ろへと遠ざかり、自分の呼吸の音だけがする。右へ、左へ、樹木を避けながら走る。小枝がいくつも頬にあたり傷ついたが、構うことなく走り続ける。ほどなくして、別の馬に追いつかれ、隣に並ばれた。セオドールだ。

「……戻りなさい」

ミアは低く言った。それでも彼は、併走をやめない。

「ついてこないで！」

叫んで、さらに速度をあげた。どこへ向かうのか。今からアルギスへ行って、確認するのか。山積みとなって朽ち始める屍の中から、首がない彼の遺体を。

みぞおちが鋭く痛み、胃液がせり上がってくる。ミアはそれを飲み込んで、さらに速度をあげる。

馬は自然に、森のさらに奥へと向かっていた。神殿を通り過ぎ、そして、踏み込む。ダグ・ナグルの聖地へと。禁断の森に入り、さらに駆けて、駆けて。唐突にアンナ・マリアが前足を高く掲げ、停止した。ミアは馬上から投げ出された。

降り積もった落ち葉の上に転がったのは幸いだったが、激しい痛みに襲われる。しかし、起き上がれないのはその痛みのせいばかりではない。

「……ぐっ」

ミアは地面に両手を打ちつけて慟哭した。身のうちからせり上がってくる強い喪失感と苦しみに、全身が悲鳴をあげ、実際に悲鳴じみた声をあげて泣いた。

キリアン！

『必ず帰ってくるから』

嘘をついたの？　ずっと一緒じゃなかったの？　この先、どこへ流れていこうとも、ミアの呪いがどういう結末を迎えるか共に見届けると、決してひとりにはしないと、そう約束したのではなかったの？

「どうして……どうしてよ！」

土の味が口に広がる。地面に顔をこすりつけるようにして、ミアは泣いた。誰かがそんなミアをそっと抱き起こし、胸にもたれかけさせる。その胸を拳で打ちつけた。すると相手は、ミアを強く抱きしめる。どのくらいの間そうしていたのか。

ミアを抱きしめる腕の力が緩んだ。ミアは顔をあげ、至近距離にあるセオドールの青灰色の瞳を見た。

なにか、言葉を発するべきだ。しかし、何も言えない。何も話したくはない。このまま、生涯、何も話せなくてもいい。世界から光や喜びがすっかり失われてしまったのだから。

セオドールはじっとミアを見つめ、自分の袖でミアの顔を優しくこすった。ミアはその手を逃れ、彼からも離れようとする。立ち上がろうとして、足にまったく力が入らないことに気づいた。

少し離れた場所で、アンナ・マリアが申し訳なさそうにこちらを見ている。ミアは歯を食いしばるようにして立ち、愛馬のそばまで行くと、首を抱いた。

「ごめん」

ようやく言葉が出た。するとまた涙が溢れ、伝い落ちた。ミアは濡れた顔を、アンナ・マリアに近づける。

めちゃくちゃに走らせてごめん。きっと怖かった。きっと苦しかった。あのまま走らせ続けていたら、ミアの愛馬は怪我をしたか、潰れてしまったかもしれない。

でも、そうせずにはいられなかった。どこかへ逃げ出したかった。悲しみと苦しみが渦巻く世界から、遠くへ。

キリアンが死んでしまった。

そんなことは信じないとミアは言ったが、一方で戦争がどれほど残酷なものなのか、思いもかけない形で突きつけられ、衝撃のあまりおののいている自分もわかった。ミア自身、人の命を奪ったのは、つい先日のことだ。ミアの手には、生涯、洗っても落ちない人間の血がこびりついている。また、多くの者が家族を失い、泣いているのだ。同じことが自分に起きないはずはない。

兵を出したのは、戦争を仕掛けたのは女王だ。しかし、もしミアが、グリフィスから逃げ出さなかったら。エドワードは、先陣に立っただろうか。その憎しみの矛先(ほこさき)をキリアンに向けただろうか。

かさかさと樹木が揺れる。冷たい風が夕暮れの森を駆け抜けてゆく。夜が来る、と冷静に判断する自分を取り戻す。ジークの話が本当なら、ここで泣いている場合ではない。この戦は自分にも責任がある。キリアンの死を嘆き、立ち止まる権利はないのだ。ミアは王女として、まだやらねばならないことがある。

でも、本当に？　わたしはこんなに絶望してもなお、立ち上がらねばならないの？　なぜこの悲しみに埋没し、自分を棄て去ることさえ許されないの？

誰か助けて！

体がふたつに引き裂かれそうだ。これほどの喪失の中、なお動けと命じる声に。その声は、ほかならぬ自分自身のものであるということに。

強くあらねばならないが、強くありたくはなかった。

振り返った。セオドールがそこに佇(たたず)み、じっとミアを見ている。

「行こう」

どこに、と問うような眼差しに、ミアは答える。

「夜の王に会いに。この先に行けば会える」

そして、村人をここへ避難させる許可を得るのだ。ミアはセオドールと共にもう一度馬にまたがり、今度は慎重に歩を進めた。


明らかに空気が変わるのがわかった。禁断の森に足を踏み入れるのは二度目だ。幼い頃、季節は冬だった。今は初夏で、レイトリンではもっとも過ごしやすい季節なのに、この森には冬が居座っている。

雪はない。しかし空気は凍てつくほど冷たかった。

ミアとセオドールは手綱を引き絞り、馬から下りた。すでに暗く、森は濃い闇の中に沈んでいる。その闇の一部が白く光った。そして、音もなく、白い獣は現れた。

はっとセオドールが息をのむのがわかった。

ミアはじっとナグルを見た。記憶にあるよりもずっと美しい白い狼は、やはり頭にツグミを載せている。

狼はゆっくりとこちらに近づいてくると、ミアとセオドールの間を優雅な足取りで通り過ぎ、振り向きざまに言った。

(好きにすればよい)

ミアは目を見張った。

「まだ、何も頼んでいないのに」

(ここはそなたの森でもある。ゆえに好きにすればよい)

「わたしの森……?」

ミアは森を見上げた。冬でもないのに凍てついて、息さえも凍るようだ。清涼で、空気は恐ろしいほどに澄んでいる。

瞳を閉じた。思い浮かぶのは、この森で九年前に拾った少年のこと。

涙が再びこぼれ、その熱さだけが、この場で唯一熱を持つもののような気がした。

「大切な者を亡くした」

ミアがつぶやくと、おう、と獣は応じる。

(人は誰しも死ぬ。遠からず会えるゆえ、その日を待てばよい)

隣でセオドールが身じろぎしたのがわかった。彼もまた、大切な者を失っている。

長い時を生きてきたに違いない夜の王からすれば、人の一生は短く、その中でどれほど生死を嘆こうと、それもまた自然の理(ことわり)であり、森羅万象(しんらばんしょう)のひとつにすぎないのだろう。

ミアはうめいて、ナグルに抱きついた。そうして思い出す。

かつてミアは、偶然知った自分の出生時の秘話にひどく悩んでいた。母が自分を身ごもった時、大神官が予言したのだ。

『その赤子は、神でもなく、精霊でもなく、魔女でもない、ただの赤子だが、古の勇者と知恵者たちを、光の帯の彼方へと追いやる忌まわしい存在なのですぞ』

己の存在意義を明らかにしたくて、幼いミアが太古の神を訪ねると、彼は言った。他者の中に己の価値を求めすぎると遠からず穢れの森に迷う、と。

『己の中に深く森を育て、その中で遊べよ。星々に照らされたその森は、おまえと愛しき者たちの幸福な棲家となろう。そこに邪悪な者を住まわせぬ限り、穢れの森に迷うことはない』

「ナグル。わたしは、自分の中に森を育てることができたの？」

ナグルは夜空と同じ瞳を細める。

（おまえは愛し、苦しみ、悲しみ、そして憎んだ。すべてを知ってなお、己を失っていない。それゆえ、ここはおまえの心と同一の森となった）

苦しみを払拭するには憎めばいいと、白い鹿は言った。確かにミアはこの一年で多くの感情を知った。それでも迷っていないとは言い切れない。エドワードのこと、呪いのこと、キリアンの死。すべてを、ミアは昇華できていない。

ミアはさらにきつくナグルに抱きつくと、においを嗅ぎ、そして離れた。懐かしい犬くささ。そばに立つセオドールに言った。

「あなたもいいよ」

青年は困惑した顔でミアとナグルを見比べる。

「ナグルに触れると、わかることがある」

白い狼は、なにを勝手な、とは怒らなかった。ただ、輝く瞳をセオドールに向けた。セオドールはしばらく逡巡していたが、そっとナグルの頭に触れる。その瞬間、青白い光がぱちんと弾けた。驚いてあたりを見渡す。ぱちぱちと弾けた光は雪の結晶に変化し、輝きながら浮遊した。逆巻く風にのって、銀色の結晶が空高く舞い上がる。夜空に走る緑の帯が輝き、結晶を吸い上げてゆく。

手のひらに落ちてきたひとつの結晶は、ふわりと溶けて、肌に吸い込まれた。そこでミアは、はっとした。

ダグ・ナグルは消え、ミアはセオドールと共に、森の中で立ち尽くしている。ミアは手のひらを握りしめ、つぶやいた。

「さあ。急いでみんなを避難させなくちゃ」

そうして先に歩き始めたミアの背に、

「……ミカエラ」

彼が名前を呼んだ。ミアは、

「なに?」

と振り向いて、一拍置いてから驚く。セオドールと目が合った。

「セオ。今、わたしの名を呼んだ?」

彼は黙っている。ミアは彼に駆け寄り、両腕をつかんで見上げた。

「もう一度呼んでみて」

「ミカエラ」

「うん」

セオドールはそれ以上何も話さなかった。それでもミアは、こみ上げるものがあって、目を大きく見張って彼をじっと見た。

呪いをかけられたふたり。大切な者を失ったふたり。それでもこんな変化がある。森が季節で変わりゆくように、小さな変化を重ねれば、大きなうねりとなり、何かが動くだろうか。

キリアンを失った悲しみはどれほどの大きさとなるかはかり知れず、しかしそれも、ナグルに言わせれば人生の必然だ。

何かが動く。ミアは失い、そして得なければならないのだ。森の中で、自分をじっと見下ろす白い髪の王子を見上げて、ミアはそう思うのだった。

2

ミアとセオドールはすぐに森を出た。幼い頃はあれほど迷ったのに、迷うことなく出ることができた。途中で王城に寄り、最後にもう一度だけ村民の避難を頼もうと考えたが、それもやめた。ナグルの許可を得たからには、入れてもらえるかどうかの交渉をする時間が惜しい。その間にも、逃げたほうがいい。

アルギスの石門が落ちたということは、明日夕刻には、グリフィスの兵士がここに攻めてくる。王城は堅牢(けんろう)だが、籠城(ろうじょう)するとなると、先行きは不安である。最近、少しだけかじった兵法によると、籠城は決して賢い手ではない。籠城が長引けば食糧が尽きるし、過去には動物や人間の死体を放り込まれて、城内で疫病(えきびょう)が流行(はや)ったこともあるという。それならば深い森の奥にひそみ、時勢をうかがったほうが、生き残る可能性がある。

領主館に戻ると、ハンナが泣きながらミアを抱きしめた。ネリーも泣いているし、ルイスも目が真っ赤だ。

ミアは小さく笑んでみせた。

「大丈夫、大丈夫」

と言った。

「嘆き悲しむのは先送りにする。今はとにかく、ここを脱出しなくては。明日と思ったけど、やっぱり今夜のうちがいい。ジークは、動ける？」

ジークは包帯だらけで痛々しい様子だったが、にやりと笑った。

「もちろん。なんなら王女様のことだっておんぶできますわよ」

「それならネリーをおぶって」

え、とジークが目を瞬く。ネリーは憤然とした。

「王女様。あたしは自分の足で歩けますよ」

「それなら、みんなそれぞれ自分の足で。村のお年寄りや子どもたちは荷車に乗せて、一足先に出発させて」

「やはり、禁断の森ですか？」

ハンナとルイスは、まだ不安そうだ。

「森はレイトリンの民を受け入れる。ただ寒いから、ありったけの毛布や食料も積んで。今夜出発できれば、荷物も持っていける」

それからは、全員が無駄なく動いた。ルイスはサヴィーニャの村に走って住民に避難経路を伝え、ハンナは自分たちの荷物をまとめ、ネリーと負傷しているジークを荷車に乗せた。

「セオ。さっきのところまでみんなを先導して」

ミアはセオドールにその役目を頼んだ。ハンナが心配そうな顔になる。

「おばあさまのところなら、あたしが行きます」

「大丈夫。そんなに時間はかからないわ。祖母のところには女王から下賜されたばかりの丈夫な馬がいるの。荷車ですぐに追いつくから」

一緒に行くというのを、ミアは断った。村人の避難の誘導を優先してもらわねばならない。ミアは手短にいくつか指示を出すと、すぐに外に出た。

そうして祖母の家に馬を走らせた。

グリンダはミアの計画を聞いて、わかったよ、と避難に同意してくれた。ミアは安心した。頑固な祖母のことだから、このままこの家で死ぬと言われる可能性も考えたのだ。

祖母の着替えを手伝い、分厚いマントでくるんだ。荷馬車はアンナ・マリアともう一頭の若い馬に引かせることにし、そこまでグリンダを歩かせようとしたが、祖母はすでに自力では歩けなくなっていた。

これほど病が悪化していることに、ミアは動揺したが、自分を叱咤して努めて明るい顔をして、グリンダの肩を支えた。

当然、キリアンの死は隠した。

毛布やマントをたくさん詰め込んだ荷台に祖母を横たわらせ、御者台に飛び乗る。すぐに馬車を森へと進めた。しかし、しばらくして、グリンダの苦しそうなうめき声に気づいた。ミアは慌てて馬車をとめ、荷台の彼女の様子を確認した。すると。

「ミア。どうやらここまでのようだ」

ミアは心臓が止まるかと思った。

「何を言うの、おばあちゃん」

「おまえの心が嬉しくて、できるだけがんばって一緒に行こうと思ったが、わたしの命は持たないだろう。一刻を争うのだろう？　ここにわたしを置いておゆき」

「馬鹿言わないで」

ミアは祖母の手をぎゅっと握りしめる。

「もう少しの我慢だから。ナグルが、森に匿(かくま)ってくれる。だから」

「……ダグ・ナグルが」

祖母の瞳が見開かれる。

「そうよ。約束したの。みんなを森に入れてくれる」

ああ、と祖母は吐息を吐(つ)いた。

「おまえは、森に愛されたのだねえ」

透明な涙が目尻から溢れ、伝い落ちる。この祖母が泣くなんて。ミアは激しく動揺した。

「おばあちゃん。できるだけ揺れないように行くから。お願い」

「ミア。そんなに悲しむことはない」

グリンダは絶え絶えに言った。

「誰しもその時は訪れる。わたしはじゅうぶんに生きた。死は残された者にとっては苦しいが、逝く者にとっては必然だ。特にわたしのように、長く生きた者は」

「おばあちゃん！」

ミアはグリンダのやせ衰えた手首をつかんだ。

「そんなこと言わないで」

今、ここで逝こうというのか。キリアンを失い、次いで祖母も失うのか。白い狼もグリンダと同じことを言った。死は必然。しかし、今のミアがそのことを受け入れるのは無理だ。

「……エルネストが、待っている」

死んだ父の名を、ささやくようにつぶやくグリンダに、ミアは叫んだ。

「いやだ、おばあちゃん！　もう動かないでいいから。がんばらなくていいから。ずっと一緒にここにいるから。だから」

「ミア」

グリンダは震える手でミアの頬に触れた。

「わたしのミア。おまえが誇らしい」

「おばあちゃん」

「エルネストはおまえの母親を愛した。おまえの母親もエルネストを愛した」

何を言っているのだろうか。今まさにこの時、祖母が言い出したことの意味がわからない。

「忘れないでおくれ。おまえは愛されて生まれた子供だ。わたしもおまえを愛している。誰がなんと言おうと、おまえを愛している」

前にも聞いた。いつだって、知っていた。今、この場で、なぜ念を押すように繰り返すのか。

「おばあちゃん！」

「……愉快な、わたしのミア」

それが最後だった。グリンダはゆっくりと瞳を閉じ、ミアがつかんだ手からも力が失われた。ミアはまじまじと祖母の顔を見つめた。すべての音が遠ざかり、再び自分の呼吸の音がした。

祖母は微笑(ほほえ)んでいる。涙のあとが皺(しわ)だらけの頬に残り、それでもなお笑っているのだ。ミアは低くうめいて、祖母の胸元に顔を沈めた。そうして長い間、動くことができなかった。涙は枯れ、もはや泣くこともできず、ただただ、冷たくなってゆく祖母の遺体を抱きしめていた。

どれくらいの間そうしていたのだろう。荷台でミアはすっかり冷たくなったグリンダを抱きしめたまま、意識を失っていたようだ。馬たちが落ち着きなく足踏みしている。ミアははっとして、森の東側を見やった。

おかしい。何か異変が起きている。王城の方角だ。森の空気を震わせるような怒声が漏(も)れ聞こえてくる。

まさか。

ミアは急いで御者台に乗ると、馬車を動かした。しばらくして、分かれ道になる。東に行けば王城で、北西に行けば禁断の森だ。迷う間にも、人々の叫び声が大きくなる。息を吸い込んだ。

今さら行ってどうなる？　城にも入れてもらえないのに。

女王は籠城し、うまくいけば数ヶ月は持つだろう。しかし、彼女はおそらく、死を覚悟している。

もう、二度と会うことはない。

目を見開いた。二度と会えないのなら、言っておきたいことがある。

これが最後だ。

ミアは荷馬車を、王城へと向けた。城の最北、かつて自分が暮らしたあの北の塔の背後からなら、潜入することができるのではないか。

北の塔の近くまで到達すると、そのあたりはまだ静かだったが、空の向こう側は明るく篝火が焚かれ、やはり怒声や悲鳴が聞こえてきていた。

内乱が起きたのか。グリフィス兵の先鋒隊がついたのか。どちらにせよ、ことは動いている。

ミアはグリンダの遺体を毛布でくるむと、荷台を城壁の近くの茂みの中に隠した。それから剣を取り、少し考えてから、アンナ・マリアともう一頭の馬を解放する。

「行きなさい。禁断の森で、わたしを待つの」

有事の王城に入り、無事にここに戻ってこられればいいが、そうできない可能性も考えられる。一頭はすぐに駆けていったが、アンナ・マリアは戸惑った様子を見せた。ミアは彼女をじっと見つめ、耳の後ろを優しくかき、後ろに回って軽く尻を叩く。すると小さな声で嘶いて、ようやく指示に従った。

「……いい子」

アンナ・マリアを見送り、振り返る。すぐそこに樫の大木がある。発達した枝葉が一部、城壁を越えて中まで伸びている。十四歳の頃、一度だけ、塔の窓からあの枝に飛び移ろうとしたことがあった。しかし失敗し、落ちて右肩を脱臼し右足首を折った。それくらいですんだのは、咄嗟の姿勢がよかったのと、秋で下に落ち葉が厚く積もっていたからである。

今のミアは十四歳の時より体は重いが、身体能力は上がっているはず。それに塔から枝に飛び移るのは枝葉が細くなっているため難しいが、こちら側から城壁に飛び移るのは、不可能ではなさそうだ。

ミアは荷物の中から、替えの衣類をいくつか選び、適当な長さに裂いて結び、簡易的なロープを作った。

ロープは輪にし、肩にかけ、木に登り始める。木登りは得意だ。順調に、目星をつけた一番太い枝に到達する。そこからは落ちないようさらに慎重に、ゆっくりと歩く。枝が不安定に揺れるか揺れないか、ぎりぎりのところまで行き、息をひとつ吸い込むと、思い切って城壁に飛び移った。

無事に成功し、少しの間、呼吸を整える。

城壁は当然、飛び降りるには高さがある。そのためのロープだ。

思いつきで作ったロープは短いが、ないよりはマシである。ミアはロープの先端を城壁の凸部分にしっかりとくくりつけ、素早く降下した。案の定途中でロープが切れ、飛び降りるはめになったものの、なんとか王城内に潜入をはたす。

立ち上がり、目の前にそびえ立つ塔を見上げた。

かつて暮らした陰鬱な塔は、主を失い、廃墟同然になったようで、しんと静まり返っている。一年でこうまで変わるのか。しかし北の塔が無人になっているおかげで、侵入に成功したのだ。

ミアは塔を迂回し、駆け出した。ここから中央のキープ（天守）までは、距離がある。迷いなく、喧騒が聞こえてくる方角に向かって走り出した。

女王の居室がある中央塔の近くまで行くと、騒動の原因は内乱ではないことがすぐにわかった。正門付近に兵士が詰めかけ、必死に門を押さえている。向こう側から激しい力が加わっているのは明白だ。グリフィスが誇る攻城兵器で、今にも城門が破られようとしている。その間にも、火矢が城壁を越えて雨のように降り注いだ。王城を囲う城壁は、矢狭間のほか、上部に防御のための胸壁があるが、矢を受けた兵士が次々と落下してくる。

ミアは混乱を極めるキープ内に入った。たくさんの人間が悲鳴をあげながら逃げている。城の奥へ、奥へと。ミアを見ても、気にする者は誰もいない。

ミアは大広間へ行ってみた。女王の姿はない。ただ、数人の男たちが互いを責めるように叫び合って、頭を抱える者もいる。その中に顔見知りを見つけた。ミアはまっすぐに顔見知りの内務大臣まで近づいた。

「王女！」

ラーセン内務大臣はミアを見て、心底驚いた顔をした。

「いったいなぜここに」

「侵入したのよ。なかなか入れてもらえないから」

「それは」

ラーセンはバツが悪そうな顔になる。

「……グリフィス側から王女様を引き渡すよう要請もありまして、それに応じないように、お母上が配慮を」

今となっては、そんなこともどうでもいい。

「女王は？」

「……執務室で待機しておいでです」

「待機？　何を待つというの？」

「おそらく、自決される時を」

ミアは顎を引き、唇を噛み締めた。自分の中に生じた感情を整理するために。

「なぜ、戦を仕掛けたの」

「……我々はお止めしました。しかし、陛下は勝手にラウロス王の甘言に乗せられておしまいになり」

「だからわたしは反対したのだ！」

別の大臣が叫んだ。

「女王はおかしくなってしまわれた。到底勝ち目のない戦に突き進むなど！」

「いや、あなたは強く意見されなかった。女王の怒りを恐れ、ラウロス軍と石門の防御力を過大評価したのだ」

「それはそなたも同じだ！　確か身内がラウロスの貴族に嫁いでいたのではないか？　おおかた甘い餌をぶら下げられ、女王がその気になるように一役買ったのであろう」

「それはあまりに無礼な！」

ミアは冷静に言葉を挟む。

「議論はあとにしなさい。城門が今にも破られようとしているのに」

男たちは青ざめ、互いの顔を見やった。

「……まさか。城門は強固です。そうやすやすとは」

ミアは首を振った。

「どうやらグリフィスは兵器の改良にも優れている」

言い終わるや否や、鼓膜を震わせるほどの大きな音が城門の方角から響いた。次いで、大勢の者の叫び声も。

「……破られたようね」

なんということだ。確かにミアも驚いた。レイトリンの王城は長い間、鉄壁の守りを維持してきたはずなのに。

これで、籠城の道は失われた。

「ど、どうすれば」

大臣たちはさらに蒼白となり、おろおろしている。ラーセンをはじめ、ほとんどが文官で、剣を扱える者は少ないのだ。

「北側の城壁付近に兵士はいなかった。通用門まで走れば脱出できる。もしも城を出ることができたら、禁断の森へ逃げなさい。先に村人を行かせてあるから、合流し、事態が落ち着くのを待つのです」

ミアは早口にそう指示をし、そのまま女王の執務室に向かおうとした。するとそこへ、早くもグリフィス兵が数人、鎧の音を派手に響かせながら飛び込んできた。

仕方がない。ミアは、剣を抜いて構えた。

3

カイラは女王の居室に隣接した執務室の椅子に腰掛け、正面の扉を見ていた。先程、その扉から、侍女たちを外に追い出した。夫とふたりの娘はもう一週間も前に城を出て、国境近くにある別の城へと避難している。

もうすぐあの扉から、過去がやってくる。燃えるような赤い髪と緑の瞳で、カイラを断罪するために現れるだろう。

正門の方角からは、怒声や阿鼻叫喚が聞こえてくる。グリフィスの軍勢がここに踏み込む前に、あの娘はたどり着くだろうか。

自分から退けた。生まれた時から、ただの一度も胸に抱くことなく、年老いた侍女と北の塔へと追いやった。厄介払いをするように嫁がせた時には、グリフィスとの戦争は既定路線だった。知っていたのは自分とごく一部の大臣たちだけだ。

いくら冷遇していたとはいえ、血がつながった第一王女を人身御供として、また目くらましと時間稼ぎのためだけに嫁がせることに、さすがにラーセンをはじめ、他の大臣たちも非難の色を隠さなかった。

それでもカイラは、ミカエラを嫁がせた。そうして戦の火蓋が切られ、敵国で処刑される予定の娘は、自力で帰国した。

カイラは、その時もミカエラとの面会を拒み、城には入れなかった。それが今、この局面において、自らここにやってくるであろうと、確信しているのだ。

すでに準備はすませた。さあ、来るがいい。

『もうそろそろ、わたくしを殺したいと思っている頃合いでは？』

かつて、娘の幼馴染(おさななじ)みである青年にそう聞いた。あれは真実、考えていたことだ。ミカエラは、自分の手でカイラを殺さねばならない。

　カイラは扉を見据え、さらに体と心に刻みこまれた過去を思い起こしていた。

のびやかな少女であった。

　レイトリンの王太子にして、唯一の子供であったカイラは、裸足(はだし)でレイトリンの森を駆け回るような闊達(かったつ)な娘だった。

　誰もがカイラの美貌(びぼう)を褒めそやした。薄い金色の長い髪に、淡い緑色の瞳。肌は抜けるように白く艶(つや)めいて、手足は長く、読書を好む一方で、乗馬と狩りを日常的に楽しんだ。常にひとりで森に入り、夏には泉で水浴びをし、お気に入りの木に登ってベリーをつまみながら読書をし、昼寝をした。

　カイラの亡き母、前の女王は、常々言っていた。森がレイトリンの王を育てると。そのため、幼い頃から王太子が森で遊ぶことは黙認していた。

　不思議と危険な目にはあわなかった。森には狼や熊(くま)もいたし、蛇(へび)や毒虫もいる。腐葉土に隠れた底なし沼もあるし、広大な森は迷いやすい。それでもカイラはいつも無事だった。自分は何かに守られているような気さえした。実際、日中に森でうとうとしている時や、本を読んでいる時など、何かの気配を感じる時がたびたびあった。精霊のようなもの。よく見なければわかりにくいが、森の緑に溶け込むようにして人形の何かが存在し、カイラをじっと見守ってくれているようだった。それを母に言うと、母は満足そうに笑った。おまえは森に受け入れられた。よい女王になるだろう、と。

神や精霊は、書物の中のみに存在するわけではない。少なくともカイラにとって、レイトリンの森の神秘は当たり前のものだった。その神秘に守られ、愛されて女王になるのだという自覚が、森で遊ぶうちに自然に身についていたのだ。

その認識が覆ったのは、十五の夏頃だった。

彼を見た。

女王直轄の領地でもあるギルモアの森に、薪を拾いに来ていた大きな青年。幾度か遠目に目が合い、すれ違うも、声を掛け合うことはなかった。青年はカイラの身分を知っており、目が合うと黙礼し、何事もなかったかのように薪拾いや、野草摘みをし、時には狩りを行っていた。

カイラはそのうち、彼をじっくりと観察するようになった。カイラは年頃の少女の中でも背が高いほうだったが、それを遥かに上回る上背と、太い二の腕、粗末な服の上からでもわかる鍛えられた胸や背中が、非常に新鮮だった。彼は、目が覚めるような赤い髪をしていた。カイラと目が合っても、にこりともせず、へりくだって叩頭することもなく、ただ黙礼し、あとは静かに作業をしていた。

ある日、彼は湖のほとりで焚き火をしていた。釣り上げたばかりの魚を串に刺し、炙(あぶ)っていた。カイラは胸が高鳴り、そんな自分に腹を立てた。

なぜわたくしが、緊張しなければならないの。わたくしはこの国の次の女王だ。相手は一介の農夫か木こりか。とにかく、自分が気を使い、萎縮(いしゅく)しなければならない相手ではない。

カイラは自分の中の奇妙な感情に終止符を打つために、彼に近づき、声をかけた。

「何をしている」

相手は少し驚いたようにカイラを見たが、すぐに落ち着いた声で答えた。

「魚を焼いています」

そんなことは、見ればわかる。しかし、ではカイラはどう答えてほしかったというのか、急に体裁が悪くなって、黙り込んだ。すると彼は考えるような顔をしたあと、串に刺した魚を差し出してきたのだ。

「食べますか」

カイラは驚き、眉をひそめ、彼と魚を交互に見比べた。彼は、相変わらず落ち着いた表情をしている。

「……うむ」

と、カイラは鷹揚(おうよう)にうなずいて魚を受け取った。そうしてふたりで、石の上に並んで腰掛け、焚き火と湖を前にして、魚を食べた。

焼きたての魚は美味だった。思わず顔がほころんだ。そんなカイラにつられたように、彼が笑った。

その瞬間、カイラは知ったのだ。自分が苛立(いらだ)っていた原因を。どうしてこれほどこの者が気になり、姿を見たくて森に入り、そのくせ話しかけることもできずにいたのか。

「……名前は？」

「エルネスト。エルネスト・スーリヤ」

「わたくしは……」

カイラは自分も名乗ろうとして、唇を引き結んだ。当然相手は彼女が何者であるかを知っている。しかしここで名乗ってしまえば、この素敵な時間がおしまいになってしまう気がした。すると黙りこくったカイラに、エルネストは言った。

「お茶をいかがです」

エルネストはカイラが名乗らなくても何ひとつ気にならない、とでもいうように焚き火で沸かした湯で茶を淹れてくれた。

それからは、森で会うたびにどちらからともなく近づき、短くはない時間を共に過ごすようになった。共に狩りもしたし、焚き火も囲んだし、魚釣りもエルネストが教えてくれた。

カイラの気持ちが決定的になったのは、秋の始めのころだ。生まれて初めて、森で危険な目にあった。エルネストとふたりで狩りをしていた時に、カイラはうっかりスズメバチの巣を踏んでしまったのだ。朽ちかけた大木の根元付近にできていたもので、気づかなかった。当然、怒ったハチがたくさん出てきた。するとエルネストがものすごい勢いで駆け寄ってきて、カイラを自分のマントでくるむと、抱き上げて走った。マントにくるまれカイラは視界がきかず、ただエルネストの息遣いと熱を感じ、遠ざかるハチの羽音を聞いていた。

結局カイラは一箇所も刺されておらず、代わりにエルネストは顔や頭をたくさん刺され、悲惨なほどに腫れ上がっていた。

それなのに、彼は笑ったのだ。カイラを下ろし、全身が無事だと知るや、心から安堵したように笑った。

カイラはなぜか、泣けて、泣けて仕方がなかった。馬鹿だと詰ってエルネストの胸を叩いた。エルネストはすみません、と謝りながら笑うのだった。

その顔を見て、カイラは、自分がすでに恋に落ちていたことを知ったのだ。

それから数日後、まだ痛々しく顔が腫れている男に言った。

「わたくしは、おまえのことが好きだ」

後先のことは考えなかった。その頃、カイラは自由奔放で、一度決めたら突き進むような情熱を持ち合わせていた。エルネストは、しかし、じっとカイラを見つめたあと、困ったように首を振るのだった。

「俺はだめですよ、王女様」

穏やかでありながら、きっぱりとした拒絶だった。カイラは顔が真っ赤になり、走り去ってしばらく森には出かけなかった。それでもカイラは、諦めきれなかった。エルネストのような男はどこにもいない。みんなカイラを褒めそやし、機嫌を取る。しかし誰ひとり、カイラのために魚を焼いてくれたり、お茶を淹れてくれたり、疲れきったカイラを難なくおんぶして、調子はずれの鼻歌を歌いながら送り届けてくれたり、ましてやハチから身を挺して守ってくれることなどしない。

カイラは再びエルネストと会うようになった。エルネストは態度を変えず、ただひたすら穏やかで優しく、カイラの森での遊びに付き合ってくれていた。カイラは会うたびに、好きだと言った。

「身分のことを気にしているなら、問題ない。わたくしは次期女王だ。夫となる男は自分で選ぶ。わたくしがおまえを好きなのだから、誰にも文句は言わせない」

エルネストは、これにも、首を振った。

「なぜだ？　わたくしのことがそれほどまでに嫌いなのか？」

「そうではありません」

「だったら」

「敬愛はしていますが、男女の情とは違います」

カイラはめげなかった。その時はまだ若く、幼く、好きな男と会えなくなることのほうがつらいと思った。想いに応(こた)えてくれなくても、エルネストはカイラを避けなかったし、森に出かければ必ず一緒に過ごす時間を持ってくれた。

しかし一方でカイラは、僅(わず)かな異変を感じていた。エルネストと会うようになってから、森で精霊の気配を感じることがなくなったのだ。獰猛(どうもう)なスズメバチに襲われたことも、考えれば不思議なことだった。これまでは一度もそんな目にあったことはなかったのに。

カイラは知らなかった。恋を知れば、森の加護を失うことなど。十五を過ぎれば、次の誕生日までひそかに、確実に、変化が始まっていることなど。

季節が移り変わり、冬となった。長い冬のある日、カイラの結婚が決まった。隣国ラウロスの王太子から求婚され、それを母女王が受けたのだ。どちらも両国の君主となるべき立場だったが、結婚を機に固い同盟を結び、強国に対抗しようという思惑があった。

しかしカイラはこれを突っぱねた。雪が降りしきる中、エルネストに会いに行った。そして叫ぶように言ったのだ。

「わたくしを娶って。そうでなければ、隣国の王子と結婚させられてしまう」

できません、とエルネストの返事は同じだった。ただ、とても苦しそうだった。

「では、わたくしは死ぬ」

カイラは叫び、吹雪の中を森に入った。エルネストは追いかけてきてくれた。吹雪を逃れるために使われていない炭焼き小屋に入り——そして、初めての口づけをした。

エルネストは口下手で、寡黙で、愛の言葉を口にしてくれたことはなかった。いつもカイラはエルネストに言った。好きだ。愛している。一生そばにいてほしい。そのたびに、エルネストはカイラをじっと見つめ、抱き寄せ、気が済むまで膝の上に抱いてくれた。

常に穏やかで優しい農夫のエルネスト。カイラは彼を前にした時だけ、自尊心をかなぐり捨て、安心し、素のままで甘えることができた。

しかし、今は思う。

カイラは彼に甘えすぎたのだ。それは依存というおぞましい悪癖をカイラにもたらし、エルネストはひたすら、カイラのために尽くそうとしてくれた。

結果、彼は死んでしまった。

呪いの通りに。

カイラは永遠に、人を愛する心を失ってしまったのだ。

エルネストの死後、彼との間の唯一の愛の証を、カイラは遠ざけた。もう、誰も愛することができない心になってしまったからだ。

もうすぐ目の前の扉から、その証が、圧倒的な恨みを持って会いに来ようとしている。この日を、カイラは長い間待っていた。

そうして、今まさに、扉は開かれた。

ミカエラ・ギルモア・レイトリン――カイラが十七年前、命がけで産んだ娘は、苛烈な緑色の瞳をして、目の前に立った。全身に返り血を浴びており、ここに至るまでの凄惨さが見てとれる。手にした長剣も血で汚れているが、あれでカイラを斬るつもりでいるのかもしれない。

「遅かったな」

カイラは鷹揚に言った。

母女王の言葉に、ミアは沈黙した。遅かった？　帰国は数ヶ月も前だ。以来、幾度となく面会を申し入れ、その都度断られた。領民たちを避難させてほしいという願いも、聞き入れられることはなかったのに。

ミアは後ろ手に扉を閉める。

「……幾人殺した？」

女王がそう聞いた。ああ、とミアは血で汚れた剣を振るい、上着の裾でそれを拭った。

「四人……五人かもしれません」

襲いかかってきたグリフィスの兵士を斬った。ただ逃げ惑うことしかしない大臣たちを守るためでもあった。

ゲランテの滝で最初のひとりを殺した時より、衝撃は少ない。体は勝手に動いてくれた。ここで絶命するわけにはいかない。

「ではわたくしはそなたが殺す六人目というわけか」

女王の静かな言葉に、ミアは問い返す。

「なぜ、わたしが母上を殺すのです？」

「そのために来たのであろう」

「違います。わたしは、すべての謎を解き明かしたく、話してもらうために」

「すべての謎？　わたくしとて、すべてを把握しているわけではない」

「では知っていることを話してください。まず、あの呪いはなんなのです」

カイラは無表情のまま、冷たい色の瞳でミアを見据え、言った。

「あれは建国の業だ」

「業？」

「三百年前の円卓会議と大地の割譲に不満を持つ者がいる。会議をやり直し、新たな大陸の覇者になる可能性を秘める者には、イバラの刻印が刻まれるのだ。刻印を得た者は各々呪いを課せられ、試される。新しい世界の王にふさわしいかどうか」

それはまったく思いがけない話でもなかった。新しい世のことを、フランセットは言い残した。そしてローンウッドのカールソン伯爵に見せられた秘蔵書には、確かにそれに近いことが記されていた。

「その呪いをかけているのは誰です？」

「わからぬ。時の魔女か、他の魔女か。イデスの置き土産か」

「……以前、母上は仰った。ご自身も呪われたと」

「いかにも」

カイラはおもむろに肩にかけたショールを落とす。ミアは息をのんだ。首をぐるりとめぐるように、イバラの刻印があった。

だから常に襟の高いドレスを着ていたのか。

「十六の誕生日の夜に、神殿に現れた謎の女がわたくしを呪った。わたくしは生涯、愛する男と添い遂げることはできぬと。その呪いを相手に明かせば相手は死ぬと」

ミアにかけられた呪いとほぼ同じだ。少し違うのは、メトヴェは、より執拗な愛の呪いをミアにかけたということだ。ミアは相手と添い遂げられないばかりか、恋した相手に笑い、怒り、涙、すべてを見せることができない。

そこまで考えて、はっとした。

「でも母上は……その呪いにさからったのですね」

「そうだ。わたくしは、そなたの父、エルネストにすべてを打ち明け、相談した。愚かにも、あの者に甘えきり、依存し、彼ならきっとわたくしを助けてくれる、呪いなど打ち負かしてくれると、思い込んだのだ。あの者は、ごく普通の、凡庸な若者であったのに」

ミアはじっと女王を見つめる。なんの感情も見られない顔。しかし、父の名を口にするたびに、淡い緑の瞳が濡れたように光った。

「……そのため父は死んだのですね」

「毒蛇に嚙まれてな。つまらない死に方であった」

侮蔑するような物言いには、しかし、別の気持ちがこめられている。今ここにきて、生まれて初めて、母の心が見える気がした。

「……母上は刻印を持つ者に選ばれたと」

「そういうことになるであろう」

「だから進軍したのですか？」

グリフィスに戦いを挑み、大陸の覇者になるために？

「……帰国の途で、ローンウッドの伯爵と話す機会を得ました。グリフィスは時の魔女のことなど関係なく、独自で選帝会議を開き、帝都を自国に移そうとさえしていると。そのため各国に動きが生じてもおかしくないと」

「ラウロス王も同じ見解だ」

「しかし、そのラウロスは裏切った。今王城をグリフィスが攻めているのは、そういうことです」

「それも想定内だ」

「なぜ！」

ミアは大股で女王に近づき、両手で強く机を叩いた。

「なぜ、兵をあげたのです。負けは目に見えているのに。どれほどの命が失われたか、わかっておいでか」

「わたくしは女王だ。この国は女王と運命を共にする。わたくしは呪われ、その呪いに負けた。新しい世がわたくしを選ばぬのなら、己から取りに行く必要がある。おまえにもわかっているはずだ。十年後、この国が存続する保証はどこにもないということを。この国だけではない。ラウロスも、ローンウッドも、およそ貧しい国々が生き残るには、滅びを待つのではなく、機に乗じ打って出る必要がある」

ミアは言葉を失った。

何を言っているのか、わかる気もするが、わかりたくもなかった。確かにレイトリンは貧しい。ミアをグリフィスに売って数年の食料を得て、しかしそのあとは？　どれほど努力して地を耕しても、気まぐれに起こる寒波で作物はあっけなくやられ、多くの餓死者を出す。帝都がイバラに沈み、ヌーサの恩恵を受けられなくなった貧しい国は、大国にのみ込まれるしかない。

それでも。

「母上は呪いに負け、愛する者を失い、愛する者を当たり前に愛する心を失った」

「そうだ」

愛する者とは、エルネストやミアのことばかりではない。女王であるならば、自国の民を、まず当たり前に愛さねばならないのに。

「……わたしを産んだのはなぜです。呪いを受けた身で、さらにこの国を滅ぼすとさえ言われたわたしを」

「それは間違っている」

カイラは淡々と言った。

「大神官が言った言葉は違う。おまえは古の勇者と知恵者を、光の帯の彼方へ追いやる。そしていずれ、母親であるわたくしの時を止めると」

「ですから、そのために忌まれて腹の子を殺すよう進言されたのでしょう」

「……わたくしはそうとらえなかった。この国は、年々、人ならざる者の存在が希薄になる。古の勇者と知恵者というのは、神や精霊、魔女のことだ。それは時の流れの必然であり、おまえのせいではないだろう。わたくしが消えたあと、神々さえ遠ざけたおまえは、新たな世の新たな女王になる。わたくしはそう受け止め、おまえの生きる力を試したのだ。過酷な環境や運命のもと、生き延びることができるかどうか」

ミアは瞬きも忘れ、母を見つめる。カイラは右手中指から、指輪を引き抜く。女王の指輪だ。金の台座に、中央には大きな緑柱石。石は、傾き具合や光の加減で、緑や赤にも変化し、のぞき込めば、夜空の群青や星に似た金の粒も内包している。そして獣の瞳のように、中央には一本の金の線が入っているのだ。

かつてカイラは、その指輪をミアにつきつけて言った。指輪は、レイトリンそのものだと。静謐な森の緑と、王国のために流れたあまたの人間の血肉で、造られているのだと。

今、カイラは、まさにその指輪を卓上に置き、再び濡れたように光る瞳でしっかりとミアを見据えた。

「おまえは生き延びた。だから、わたくしは待っていたのだ。わたくしを殺せ。そして指輪を受け取り、新たな世界の新たな女王になるがいい」

扉の向こうから、怒声や荒々しい足音が近づいてくる。侍女の悲鳴、男たちが、女王を探せと叫ぶ声も。

ミアはゆっくりと手を伸ばし、生まれて初めて、母親に自ら触れた。カイラの細く白い首、そこに刻まれた刻印に。

そうして光が弾け、過去が広がる。セオドールの時と同じだ。ミアは光の中に、母と、そして父の過去を見た。

どれほど母がエルネストを愛していたのか、その眼差しや笑顔でわかる。初めて見るまだ若い母の笑顔は、森のどんなきらめきにも負けずに美しい。そうしてまた、そんな母を見守る父エルネストの眼差しにも、確かな愛があった。

グリンダの言葉を思い出す。

『エルネストはおまえの母を愛した。おまえの母もエルネストを愛した』

しかし、カイラは呪われた。ミアと同じ、あの神殿で。巫女の装束を着た黒い髪の女、メトヴェは言った。

王女様に、イバラの檻を贈ると。

『王女様は生涯、愛する男と添い遂げることはかないません。王女様は、老若男女問わず、愛する者に指一本、触れることも叶いません。もしもこの禁忌を破れば、相手は死にましょう。王女様が肌を重ねられる相手は、必然、愛していない男だけです。ゆめゆめお忘れなきよう』

カイラは苦しみ、その苦しみをエルネストに打ち明けた。エルネストは大丈夫だと笑ってカイラを抱きしめた。強く抱きしめ、たくさんの口づけをした。恋人を安心させるために穏やかに笑い、俺はそんなことくらいじゃ死なないと言った。

カイラは安心した。しかしその翌日、エルネストは死んだのだ。本当にあっけなく、毒蛇に嚙まれて。

暗い森の中で倒れ込むエルネストが、必死に手を伸ばしている。その先の木々の切れ間は、光が溢れ、王城の尖塔（せんとう）が見える。

エルネストは死に、カイラは自分が妊娠していることを知った。大神官の予言や母女王の助言も聞きいれず、カイラはミカエラを産んだ。そうしてすぐに北の塔に追いやり、戴冠した。

黄金の冠を被り、指輪をはめた新しい女王の顔からは、感情というものがすべて失われていた。

「なにを泣く?」

ひそやかな声でカイラが聞く。ミアははっとして身を引いた。カイラの首に触れていた指先が燃えるように熱い。

「わたしは、あなたに抱かれたことがなかった」

ミアはつぶやいた。

「わたしを守るためですか」

愛する者に触れると、相手は命を落とす。カイラが、エルネストとの間の子を産みながら退（しりぞ）けたのは、そういうことだったのか。

カイラはそうだ、とも、違う、とも言わなかった。ただ、指輪をさらに机の上に滑らせた。

「早くわたくしを殺せ。そして指輪を受け取れ」

怒声はすぐそこに迫っている。今にも扉が開かれ、敵兵が乗り込んでくるだろう。彼らの目的はただひとつ。

この国の女王を、殺すこと。

ミアは指輪をつかみ、自身の右手中指にはめた。カイラが瞳を閉じる。両手を広げ、刻印が生々しく残る白い首をさらけだすようにした。

「……わたしはあなたを殺さない」

カイラは驚いたように目を見開く。

「なぜだ」

ミアは答えた。

「なぜなら、わたしはグリンダ・スーリヤの孫だからです。わたしは、あなたからの愛は得られなかったけれど、代わりにグリンダが与えてくれた。グリンダは」

そこで声が詰まった。祖母を見送ったのは、つい先程のことだ。

『忘れないでおくれ。おまえは愛されて生まれた子供だ。わたしもおまえを愛している。

誰がなんと言おうと、おまえを愛している』

「……グリンダは、わたしを、愛で満たしてくれた。そんなわたしが、肉親を殺せるはずがない」

カイラとミアは、互いを見つめた。互いに強く、強く相手を見た。まるで抱擁の代わりのように。その時、

「女王はここにいるぞ！」

扉の向こうの廊下から、高らかな声が届いた。ミアははっとし、女王に背を向ける。

「……ミカエラ！」

名前を呼ばれた。生まれて初めて、魂のすべてで呼ぶように。ミアの瞳から涙がこぼれ、ちらばる。それでも振り返らなかった。扉を出て走ると、回廊に出た。グリフィスの兵士が、こちらに歩んでくる。

立ち止まり、敵兵の中央に立つ男を見た。

相手も立ち止まり、ミアを見つめる。

「……エドワード」

そこにいるのは、確かに、ミアのかつての夫にほかならなかった。

4

グリフィスを出た時から考えていた。次にエドワードに会った時、彼はミアを殺そうとするだろうと。その覚悟をもってゲランテの滝に赴いたのであり、だからこそあの時も、刺客を前にして冷静でいられたのだ。

フランセットを殺したのはミアではない。それでも、彼の憎悪が否応なく自分に向くことは想像にかたくなく、出会いのはじめから彼に対して負い目があると思っていた。

ミアは確かにエドワードに恋をした。そのせいで苦しんだ。

だが今、彼の姿を久しぶりに目の当たりにして、ミアの胸に生じたのは、間違いなくエドワードに対する憎しみにほかならなかった。

この人は、キリアンを殺したのだ。

その事実だけが暗く大きく、ミアの全身を支配した。心は凍りつき、反対に彼を見据える瞳からは憎悪の炎が迸った。

そんなミアを、エドワードのほうも、ひどく意外そうに見ている。背後の兵が剣を構え、前に出ようとした。

「下がれ」

エドワードが制する。

「この者はわたしがとらえる」

兵は下がったが、ミアは剣を抜いた。エドワードが、はっとしたようにミアを見て、それから自分も剣を抜いた。

「僕を殺すのか？」

「ええ」

ミアは短く答え、床を蹴った。高く飛んで振りかぶり、勢いをつけて剣を振り下ろす。エドワードは当然それを受け、押し返した。ミアは高い声をあげながら再び打ち込み、斬り結び、離れ、再び飛びかかった。

キリアンを殺したのだ。

もう、この世界のどこにも、彼はいない。この男が、キリアンを葬ったのだ。ゲランテの滝で、ミアを殺すよう指示したばかりか、間違った憎悪を、ミアの大切な者にまで向けた。

エドワードは、途中まで確かに動揺していた。斬り結んだ剣の向こうで、信じられないようにミアを見て、つぶやいた。

「なぜ」

なぜ、ミアが己に殺意を向けるのか。しかし、すぐに理解したようだ。

「あいつか」

ミアは答えず、代わりに次の一手を打ち込む。ミアの殺意を理解したエドワードは、瞳を燃え上がらせた。腹をくくったような顔をして、本気の剣を繰り出してくる。ミアはそれを着実に受け止め、払い、間合いを詰め、斬り結んだ。

『愛を消し去るには憎しみがよい』

ナグルの言葉は、こういうことだったのか。しかし、こんな憎悪は、いらなかった。キリアンを失うくらいなら、生涯、報われぬ恋に苦しむほうがよほどましだったのに。

恋?

わたしは、確かにエドワードに恋をしていた。目の前の、あのまばゆい金髪も、優しげで甘い灰色の瞳も、太陽のような笑顔も。すべてが恋しくて、欲しくて、彼のものになりたいと心から願った。

そのエドワードを殺したいと思う日が来るとは、想像もしていなかった。

ミアは泣きながら攻撃を繰り返した。すべての音が遠ざかり、鼓動の音がする。胸元で、イバラの刻印が悲鳴をあげている。

あの誕生日の夜、メトヴェは言った。ミアは、恋した男の前であらゆる感情表現ができないと。笑いかけることも、泣くことも、怒りをぶつけることもできないと。

それがどうだ。ミアは今、エドワードに怒りをぶつけ、憎しみ、泣きながら剣を振るっている。復讐（ふくしゅう）しなければ、この強い気持ちをぶつけなければ、この場で息絶えるのはミアのほうだ。

そんなミアの様子を、エドワードはやはり、いまだ信じられないといった様子で見ている。

エドワードは確かにひどく驚いていた。ミアとここで遭遇したのも驚きだったが、相手に怒りと憎しみをぶつけるのは自分のほうだと信じ込んでいたからだ。

幾度も、再会の場面を思い描いた。とらわれ、拘束（こうそく）された彼女が、エドワードを前にして何を言うか。どういう表情を浮かべるか。もしも彼女が、出会った頃と同じように当たり前の喜怒哀楽を見せたら……エドワードに泣いて懇願し、心から悔いていると言ったら。エドワードは、彼女を殺せるだろうかと悩んだ。それとも人知れずどこかに幽閉（ゆうへい）し、生涯にわたってエドワード以外の者とは触れ合うことができないようにする。彼女を生かすためには、そのくらいの復讐は許される。

そう。復讐する権利は、エドワードにこそある。

だから、いざ再会し、ミアのほうから剣を手に躍りかかってきた時、あまりの衝撃に反応が一瞬遅れたほどだった。

ミアはエドワードに剣を向けたばかりではない。泣き叫び、呪詛の言葉を吐き、憎しみに燃える瞳でエドワードを睨みすえた。エドワードは剣を受け止めながら考えた。出会ってからこれまで、彼女がこれほどまでの強い気持ちをエドワードにぶつけてきたことがあっただろうかと。

はじめはただただ可愛らしく、美しく、エドワードをその笑顔で魅了した。嫁いできてからは、彼女は生きた感情の一切を封印してしまったように見えた。時折つらそうな横顔を垣間見せることはあっても、エドワードを前にすると、柔和で嘘くさい笑みを貼り付け、決して心の底をのぞかせようとはしなかった。

それが今、この変化はどうしたことだ。

たとえ憎悪であっても、あの人形のような顔つきのミアよりはよほどいいはずだ。それなのに、エドワードは、思い知らされた気がした。

彼女はもう、自分を愛してはいない。

妻でありながら心からの笑顔を見せず、涙も見せなかった娘。作り物の関係、嘘で塗り固められた夫婦であり続けた日々でさえ、エドワードは、ミアを責めながらも、心のどこかで彼女の真心を知っている気はした。どれほど表情が凍りつこうとも、彼女は確かにエドワードを愛していると。実際に彼女も言っていた。

『あなたがわたしを信じられないのは無理もないわ。でもわたしは変わらずあなたが好きだし、あなたが国一番の美姫と一緒のところを見ると胸が苦しくなるの……』

それが今、完全に失われた。

「あいつか」

問うと、ミアの瞳がいっそう強くなり、溢れた涙が宙に散った。

エドワードは理解した。

ミアが、レイトリンの第一王女が、心の中で想う相手はいったい誰なのかを。

憎悪と驚愕、失望。そのうち、失望が勝ったのは自分でも意外だった。

「ミア、僕は……」

ミアの剣が振り下ろされる。容赦のない、圧倒的な憎しみのもと。力で負けるはずはなく、受け止めきれないはずはなかったが、心の乱れが影響した。頭上で受け止めた剣を押し返す力が、一瞬だけ緩み、一歩後ろに押された。続いて額に生じた、灼熱の痛み。斬ら

れたと気づくのと、

「殿下！」

よろめき、背後の兵に支えられたのは同時。視界が血で赤く染まった。その向こうで、なお殺気をみなぎらせている少女に、

「……君を殺すつもりはない」

唇が、勝手にそう告げる。なんということだ。斬られたのはこちらだというのに。

戦で負けるわけにはいかないが、男女の関係においてエドワードは敗北したも同然だった。

「殺せばいい。首はここにある」

ミアは凛(りん)とした声で言った。その気配に、エドワードや他の兵士たちは気圧(けお)される。それでもなお、額を押さえ、エドワードは言った。

「欲しい首はただひとつ。レイトリンの女王のものだ。そこをどけ。道を開けるならば……見逃す」

ミアは笑った。これまで見たどんな彼女の微笑よりも、ぞっとするほど美しい。彼女はおもむろに右手をこちらに差し出した。

その白い中指に、黄金の指輪がはめられている。

「我が母は先程、譲位した」

「なに」

「レイトリンの女王はこのわたしだ。エドワード王子。この国を欲するなら、わたしを殺すがいい」

エドワードが言葉を失ったその時。

「殿下！　火の手がこちらに！」

さらに後方で待機させていた兵が叫んだ。王城の正門を破る時に打ち込んだ火矢のいくつかにより、火災が生じている。石造りの王城でも、一度炎が勢いをつければ、あっという間に被害は広がる。

エドワードの算段では、この時点ですでに女王の首をはねているはずだった。

「……やはり、そうするしかないのだな」

エドワードはミアを見据える。己の感情に翻弄（ほんろう）され、判断を見誤るわけにはいかない。これは確かに、国と国との争いなのだ。誰が女王であろうとも、エドワードはその首を持ち帰る責務がある。もとより、戦を仕掛けてきたのはレイトリンのほうなのだから。

エドワードは殺気を剣にこめ、前に踏み出そうとした。しかしその時、派手な音を立てて横合いの壁が吹き飛んだ。一気に広がった炎が天井近くまでふきあがり、ミアとエドワードの間を分断する。

ミアが驚愕の表情を浮かべた。炎は彼女に向かって突き進む。

「……ミア！」

エドワードは叫び、咄嗟に手を伸ばそうとした。しかし、背後から複数の兵がエドワードを引きずり戻す。

「殿下、これ以上は危険です」

「お早く避難を！」

放せ、とエドワードは叫んだ。炎が今にもミアをのみ込もうとしている。しかし兵士たちも今度は引き下がらなかった。

「この城は落ちます。女王も焼け死ぬでしょう」

その言葉を証明するように、ひとつ手前の壁も崩れ始めた。炎がさらに勢いを増し、視界がきかなくなる。その中で、エドワードは確かに見た。ミアのさらに奥から飛び出してきた男が、マントでミアをくるみ、あっという間に連れ去ったのを。

「殿下！　こちらへ」

引きずられながら焼け落ちた部屋をくぐり、露台に出る。その瞬間、さらなる爆発音が鳴り響いた。城のキープがとうとう崩れたのかと振り返ったエドワードは、信じられない光景を見た。

炎を打ち消すように、巨大な緑のツルが発生し、あっという間にキープをのみ込んでゆく。

「イバラだ！」

誰かが叫んだ。鋭いトゲに突き上げられるようにして息絶える者もいる。その不思議な光景を深く考える暇はない。キープをのみ込んだイバラは、次にそのツルを周囲に広げようとしている。

王城すべてを、のみ込もうとするかのように。

「撤収しろ！」

エドワードは叫び、一番近い城壁に向かって走った。

「……ミア！」

エドワードが悲痛な声をあげた。炎の柱に分断されたその向こうで、かつての夫が必死にミアに手を伸ばそうとしていた。

周囲が火にのまれ、ミアは死を覚悟した。髪がちりちりと焼け、煙が喉を焼く。エドワードの剣で死ぬことは覚悟していたが、炎に巻かれて死ぬとは予想していなかった。

しかし。

冷たい空気の流れを感じ、ゆっくりと振り向いた時。目に入ったのは漆黒の青年だった。自身のマントを大きく広げてミアを包み込み、抱きかかえた。

嘘でしょう。

わたしは夢を見ているの。

だってこんなこと、信じられない。

「どうして……」

息をするのも忘れ、懐かしいにおいに身を浸した。彼はミアを抱き、駆け出した。逆巻く炎が前方の暗がりで途切れている。その先に通用路があり、暗い階段が見えた。しかしそこも、一瞬にして炎にのみ込まれた。

城のあちらこちらから、逃げ惑う者たちの叫び声が聞こえてくる。

今すぐに、火を消さなければ。

王城にはまだ多くの者たちがいる。カイラもいる。

キリアンが生きていた、その事実に胸が震える。しかし、その喜びもつかの間、もう誰も、ここから逃げ出すことはできないのだという、確かな死も感じた。

「……ここで死ぬの？」

立ち尽くすキリアンに手を伸ばす。煙を吸い込んだためか、意識が遠のく。ミアを見下ろす、青い青い瞳。

キリアンとこうして再会し、抱かれ、死ぬ。焼け死ぬのは怖いはずだ。それでもなお、今、彼の生存を確かめられたことが嬉しい。

この気持ちをどう表現しよう。

くるおしいほど相手を想うこの気持ちには、名前がちゃんとある。

キリアンの手に、力が入った。きつく、きつく抱きしめられた。その一瞬後、ミアは体が浮遊するのを感じた。

緑の強い光が弾ける。体を舐めようとしていた炎の熱が消え、冷たい清涼な空気を感じた。

ミアは、キリアンに抱かれたまま、夜空に飛び上がっていた。そして見たのだ。城全体がイバラで覆われ、炎が鎮火され、生命力を得た植物で包まれてゆくさまを。

まさか。

百年前、帝都ナハティールに起こったことと同一のことが、眼下で起きている。

意識が遠ざかる。

ツグミを頭に載せて歩み去ってゆく白く大きな獣。赤い花をつけ、緑の葉を揺らす大きな木。そして、暗く冷たい石楼（せきろう）の中で、両手を大きく広げる女。

あれは誰？

涙を流しながら、必死に、祈るように手を伸ばしている。その両手首は錆（さ）びた鉄の鎖でつながれている。

（わたくしはそなたを助けよう）

声が聞こえた。

（この地を封印し、そなたを逃がす。イバラの海を越え、時を超え、はるか彼方（かなた）へと、逃げるがいい。いつか……）

その先は強い風の音でかき消され、聞こえなかった。

夜空にいた。緑の帯が屈折しながら北の空へと消えてゆく。星々に照らされた暗い森。こちらを見上げる白く大きな獣。

落下する少年。

あれはキリアンだ。九年半前、禁断の森で拾ったキリアンだ。どこから来たのかと思っていたが、ああして夜空を落下し、あの場所に落ちたのか。

今も同じことが起きている。

ミアは、キリアンに抱かれたまま、落下する。叩きつけられるほどの勢いではなく、ふわりとなにかに守られるように。

ミアは強く瞳を閉じた。

5

大勢の人の話し声がする。ミアが目を開けると、いくつかの顔が心配そうに見下ろしている。

その顔が、徐々にはっきりしてきた。

「……ハンナ」

ルイスや、ジークもいる。ハンナは泣きながらミアを抱きしめた。

「王女様！　よかった、よくぞご無事で」

ミアはルイスに支えられ、ゆっくりと体を起こした。包帯だらけのジークが、嬉しそうに笑っている。

「やっぱり王女様は強運の持ち主ですわね」

頭がずきずきしたが、すぐに周囲の状況に気づいた。

「……ここは禁断の森ね」

「そうですよ」

あちらこちらに焚き火が見える。ギルモアの領民たちがその周りで思い思いに過ごしている。指示した通りにここに来たのだ。すぐそばにはアンナ・マリアもいて、ミアを見て嬉しそうに足を踏み鳴らしている。

「わたしは確か王城にいたはず……」

頭に手をあてて考えた。いくつかのことを一気に思い出し、はっと息をのんだ。

グリンダが死んだこと。母女王と対峙したこと。エドワードと剣を交えたこと。それから、ああ、それから。

「キリアンが、生きていた」

「そうですよ」

ハンナが優しく言い、ミアの肩にショールをかけてくれる。

「本当に驚きました。この森に着いて、王女様の到着を待っていたところ、森の奥からキリアン様が王女様を抱いて現れて」

「強運なのは王女様だけじゃなかったようですわね」

ジークがにやりと笑う。

「彼はどこ?」

「さっきまでいたんですよ。ミカエラ様が目覚めるのを待っていました」

ルイスがああ、と声をあげた。

「キリアンなら、ローンウッドの王子と、おそらく見回りに」

ミアは立ち上がった。頭痛はするが、足はしっかりしている。話さなければならないことがたくさんあるが、まずはキリアンとちゃんと再会しなければならない。


湖のほとりに立つ彼を見つけた時、ミアの胸は苦しいほどに締めつけられた。走っていって、いつものように背中から抱きつきたいと思うのに、足がうまく前に進まない。走って、抱きついて、夢が壊れてしまうのが怖かった。

だからゆっくりと、一歩一歩を踏みしめるように、彼に近づいた。途中で気配を察知したらしく、キリアンが振り向いた。

「ミア」

あまりにも普通に名前を呼ぶので、拍子抜けした。ミアはそこからようやく走っていき、彼に抱きついた。

キリアンはこういう時、決して抱きしめ返してはくれない。いつもなら、少し迷惑そうな、それでいて優しい顔をして、好きなように抱きつかせてくれているだけだ。

それが今、キリアンは遠慮がちにミアの背に手を回し、抱擁を返してくれた。ミアは懐かしい彼のにおいを思い切り吸い込んでから、離れた。

「どんなに泣いたか知っている?」

「たくさん」

「そうよ。必ず戻ってくるって約束をやぶって、死んだなんて聞かされた時の気持ちわかる?」

「ああ」

「どういうことだったのか説明して」

ふたりで、湖のほとりに座り込んだ。夏の湖には静かな波が立っている。ナグルはいない。人が多すぎるから、出てこないのだろう。

「谷でエドワード王子に出くわして、闘った。まあ、それで、負けたんだ」

「キリアンが負けるなんて。どうせ少数精鋭とかいって、多勢に無勢だったんでしょう」

キリアンはそれには答えなかった。

「彼は強かった。それで死を覚悟した。心の中でミアにごめんって謝ったんだけど」

「聞こえるはずがない」

キリアンは唇をほんの少し持ち上げて、微笑む。

「……それで。どうして助かったの？」

「助けられた」

「だれに？」

「時の魔女」

ミアは押し黙って、じっとキリアンの横顔を見つめる。キリアンは自分の手のひらを見下ろしている。

「思い出したんだ。俺は、石楼に閉じ込められていた彼女に会い、そして護符を授けられた」

「どういうこと？」

うん、とキリアンは少し考えるそぶりをみせる。どう説明しようか逡巡（しゅんじゅん）するように。

「どこで、時の魔女に会ったの？」

「ミアに出会うより前。たぶん、最初に会ったのは十歳くらいの時」

キリアンは大切なことを話そうとしている。つまり、それは……。

「記憶が戻ったの？」

「エドワード王子に殺されそうになって、その少しあとにね。同じ体験をしたからかもしれない」

「体験？」

「危険な場所から、時を超えて移動した。最初は十二歳の冬だ。謀反（むほん）が起きて、外部勢力が夜半のうちに攻め込んできて、次々に家族や側近が殺された。俺もやられそうになったけど、魔女が助けてくれた。護符をくれて、城全体がイバラに覆われて、俺だけ時を超えて安全な場所に飛ばされたんだ。そこで、君に拾われた」

話がうまくのみ込めない。今聞いた話のひとつひとつを理解しようと努める間に、キリアンは続ける。

「アルギスの戦の時もそうだ。とどめを刺される寸前に、飛ばされた。前回と違っていたのは、落ちた先が安全な森ではなく、炎に包まれたレイトリンの王城だったってことだ。そこで、君と再会できた」

ミアがなお黙っていると、キリアンは小首をかしげて聞く。

「わかりにくい？」

「……いや。理解が追いつかないだけ。少し待って」

「いいよ」

ミアは考え、顔をしかめ、次にはっとしたようにキリアンを見て腕をつかみ、また考え込んだ。そうして、もっとも大事なひとつの結論を得た。

「つまりキリアンは、百年前のナハティールから来たってこと?」

「そう」

城、謀反、イバラ、封印された魔女。それから。

「……皇族ってこと?」

「タトラス帝が父親で、母は皇妃アデライード。俺は三番目の皇子(おうじ)で、上に双子の兄がふたりと姉がひとり、下に弟がひとりいた」

「謀反って」

「宰相だった男が、外部の支援者を得て皇族一家を亡き者にしようとしている、と俺を逃がす前に従者が言っていた。その者は追手に弓矢を射かけられて森で死んだ。父と母、それからふたりの兄も死んだと。姉と弟の安否はわからない。俺は走って森の奥の石楼まで行き、そこで魔女が逃してくれた」

「そんなことが……」

ナグルに会うまで、ミアは、神の存在も精霊の存在も嘘だと思っていた。

しかし今、キリアンがしてくれた話は、神や魔女の存在を問う次元を、はるかに超えている。同時に、深く腑(ふ)に落ちる部分もあるのだ。

キリアンは、禁断の森でひとり横たわっていた。軽装で、刀傷があるものの小綺麗(こぎれい)で、気品に満ちていた。

ミアは深く息を吸い込んだ。

「……イバラに封印された場所にいる者たちはどうなるの？」

レイトリンの王城には、まだ女王や兵士たちがたくさんいた。グリフィスの兵も取り残されていただろう。それに、エドワードも逃げ遅れた可能性がある。

「時の魔女は、イバラの中の時間は進まないと言っていた。だから生きているはず」

ミアは、それで少しほっとする。しかし、キリアンの家族はイバラに封印される前に殺されてしまったのだ。

「外部勢力ってどこの国なの？」

「わからない。あまりにも突然だった」

アルナディスか、グリフィスか。いずれにせよ、百年前にもこの大陸の覇権を得ようともくろんだ者たちが存在したのだ。

「時の魔女……」

「信じる？」

「さんざん不思議な目にあったから、免疫(めんえき)はできてるはずよ」

誕生日の夜に謎の女に呪われ、実際に呪いが効力を持っていることも体感している。

「キリアンはそれなら、帝都に行かなくてはならないのね」

「今帰っても、イバラの封印をとくことはできない。時の魔女も閉じ込められたままだ」

時の魔女は、石楼に封印されて、力も封じられたと聞いた。それなのに、キリアンに授けた護符の力は最強だ。

もしもイバラの封印がなければ、キリアンは家族と共に殺され、帝都は謀反を起こした者の手におちていただろう。レイトリンの王城はグリフィスに制圧され、カイラもミアも、首をはねられたか焼け死んでいたはずだ。

しかし、それにしても、代償は大きい。百年もの間、皇城は内部の人間ごと眠りについているのか。レイトリンも同じ運命をたどる可能性がある。

『魔女の槌が大地を打てば緑の呪いが世界を覆い、汝らの子をイバラの棘で仕留めるであろう』

時の魔女が、封じられる時に吐いたといわれる禁呪の言葉。改めて考えると、さまざまなとらえ方ができる。特定の場所をイバラで守り、時の法則を捻じ曲げて命を救う。一方で、五王国の王族にもたらされるイバラの刻印も彼女のしわざなのだとしたら、愛の呪いは、個人にとてつもない試練を与える。

「カールソン伯爵や谷の巫女に言われた通り、わたしたちは、時の魔女の封印をとく必要がある……」

百年前の謀反の真相を解明し、今現在、イバラの刻印を受けた者がどれくらいいるのか、調べてみなければならない。

「それにしても。人間に恨みを抱いていたはずの時の魔女が、どうしてキリアンを助けてくれたの」

「似てるらしい」

「誰に？」

「彼女が、愛した男に」

ミアは目を見張り、それから、はは、と笑った。

時の魔女は恋のせいで大地を割譲してもらえず、封印されてしまったのに、その気持ちをまだ持て余しているのかもしれない。だからこそ、キリアンを守ったのか。

恋とは、人を想う気持ちとは、それほどまでに強いものなのだ。

会ってみたい、とミアはこの時初めて思った。

時の魔女に。

三百年もの間、暗くて寒い石の檻に、ひとりぼっちで閉じ込められている女に。

「キリアン。一緒に、ナハティールまで行こう」

キリアンはうなずいた。

「いつ行く?」

「この騒ぎが落ち着いて、レイトリンが平和を取り戻したら。一緒に大陸を旅して、イバラに覆われた帝都や、黄金の穀倉地帯を見に行く。ずっと前に、そう約束したよね」

それから、ミアはうつむいて、震える声で続けた。

「もう、この国でわたしを待つ人はいないから」

キリアンははっとした様子で、ミアの肩をつかむ。

「グリンダは?」

ミアはただ、首を振った。そうだ。グリンダの遺体を、王城のそばに置いてきてしまっている。獣に荒らされる前に、彼女を埋葬しなければならない。

キリアンは無言のまま、ミアを抱き寄せた。ミアはキリアンの胸に顔をうずめた。

グリンダの死が悲しいのか。イバラに閉じ込められた母が悲しいのか。明確な殺意をもって斬りつけたエドワードが、信じられない表情でミアを見た、あの瞳のせいか。

すべての思いが混沌(こんとん)とし、襲ってくる。それでもこの胸の中は安心できる場所だと、ミアは知っていた。だから泣くこともせず、目を閉じて、自分の中のさまざまな感情の嵐が静まるのを待った。

王都から続く渓谷の道を見下ろす場所で、エドワードは報告を待っていた。鎧を外し、額の手当てを受けている。そばに控えるローガン・ウォリックが顔をしかめた。

「……深手ですね」

「大事ない」

額はたとえ傷が浅くても、出血が多い場所らしい。それでも急所には違いない。軍医は、この傷は残るだろうと言った。

「状況は？」

「……兵の四分の一はサフールの王城に閉じ込められたままです。鷹によれば北側の森に生き残ったレイトリン軍が陣を構えており、明日にも反撃に転じる準備をしているとか。殿下、時間がありませぬ。残る兵士をかき集めて、レイトリンから撤退しましょう」

ずいぶんと不名誉なことだ、とエドワードは拳を握りしめる。戦の鉄則は引き際を見誤らないことだ。それはわかっている。ここで矜持を優先し軍を長く置けば、グリフィスはさらなる痛手を被る。

額の傷が痛む。ミカエラがあれほどエドワードを恨んだのは、キリアンを殺されたと思い込んでいたせいだ。

しかし、エドワードはキリアンを殺していない。

あの時。キリアンは、グリフィス兵に囲まれた。激しい打ち合いが始まり、かなり持ちこたえていたと思う。どこまでひとりで切り抜けられるか見ていたい気持ちもあった。しかしそうこうするうちに、キリアンはふたりの兵を連続して倒し、囲いから飛び出した。そのまま、攻撃をかわしながら後退していく。エドワードは、万が一にもあの男を逃すことはあってはならないと、自ら剣を振るって谷の際、岩壁まで彼を追い詰め、とどめを刺そうとした。しかし、突然生じたまばゆい光に視界を失い、その光の中にあの男は消えてしまった。我に返ったエドワードが見たのは、谷の断崖を覆うように突如として生じたイバラだった。

そもそもあの場所に、イバラなどなかったはずである。アルギス渓谷はどこまでも荒涼で、涸れ川と、砂礫と、切り立った岩壁しかなかった。岩壁のはるか頭上には森の切れ目が見えたが、谷底には草木の一本も生えていなかったはずだ。

突然消えた男と、突然現れたイバラ。

エドワードは釈然としないまま、進軍を再開させるしかなかった。

それと同じことが、昨夜起きた。レイトリンの王城はイバラで覆われ、火は消し止められ、そしてミカエラは消えた。

実態がわからない事象を解明しないまま、行動してはならない。この不思議を放置したまま、この国を攻めてはならない。ましてや、鉱山を狙うなど危険すぎる。昨夜は辛くも逃れることができたが、いつどこであのような障壁に遭遇するか予測できないままでは、必ず昨夜以上の返り討ちにあう。

調べなければならないこと。知らなければならないことが、あるようだ。

国に持ち帰り、深く審議する必要がある。

「……一刻の後に撤退する」

「は。では、そのように」

エドワードは手当てを終え、立ち上がると上着を着た。強いめまいがして、思わずそばの木に手をつく。

エドワードは、失ったのだ。

あの赤い髪の少女を。永遠に。一度は手に入れながら、圧倒的な憎悪により、互いにもっとも憎むべき相手になった。しかしその憎しみを上回る確かな喪失を、エドワードははっきりと感じていた。

第九章　新しい女王

1

その日、ミアは祖母グリンダ・スーリヤを父の墓の横に葬った。サヴィーニャの村民のほとんどが参列し、グリンダの死を悲しみ、見送ってくれた。

祖母が好きだった花を供えた。レイトリンの民は輪廻転生を信じる。次に巡り合う時も祖母と孫がいい。今生の別れはつらいものだが、ミアの血肉にグリンダの愛や教えは刻まれている。

それでも、天涯孤独になったと感じた。

レイトリンの状況はこうだ。まず、禁断の森での潜伏は長期間にならずにすんだ。思った以上に迅速に、グリフィスの兵がひいたからだ。

エドワードが助かったことを知った。深手を負ったという話も聞いた。もちろん、その傷はミアが負わせたものにほかならない。

彼のことを考えるとまだみぞおちのあたりが苦しい。けれど、明らかに前までとは違っている。

『僕を殺すのか？』

『ええ』

ミアはエドワードへの想いを断ち切った。きっかけとなったキリアンは生きていたが、エドワードへの想いが戻ってくることはなかった。

そうなれば、メトヴェの呪いは鳴りを潜める。ミアは誰に対しても喜怒哀楽を縛られる状況ではない。

しかしイバラの痣は残っている。呪いを根本的にといたことにはならないのだ。

とにかくグリフィスの兵はひいた。王城内には両軍の兵士、女王、側近たちの一部、多くの側仕えの者たちが閉じ込められている。時を止められたまま。

ラーセン内務大臣の後継者と少数の生き残った側近たちが中心となり、王都郊外の城、青狼城で一時的な政治の中心を築いたと聞いた。残った兵士が集められ、新たな戦は無理でも、国境を死守できるくらいの規模にはなった。

裏切ったラウロスとの関係も軽視できない。今ラウロスに報復の戦を仕掛けることはできない。それでも日々、軍を強化するべく、キリアンは再編成に尽力している。

ミアはハンナ、ルイスと共に領主館での生活を再開した。ネリーもいる。そしてセオドールも。

短い夏が終わりに近づき、麦の収穫時期になった。

そしてその忙しい最中に、来客があった。


「お元気そうで何よりでございます」

まだ若い貴族が深々と頭を垂れる。ミアは収穫作業の最中に領主館に呼び戻されたため、簡素な農民の服と長靴は泥で汚れたままだ。髪もひとくくりにして、化粧気は当然なく、汗もかいている。

真っ直ぐに顔をあげたまま、青年を見据えると、彼はほんの少し驚いたような顔をした。

「あなたが新しい内務大臣？」

「正式に任命されておりませぬゆえ、暫定的に庶務を執り行っているだけです。父の代わりに」

青年は、ヨハネス・ラーセンと名乗った。前の内務大臣、ラーセンの子息だ。彼の父親は、どうやら王城を逃げ出せなかったらしい。女王と共に、イバラに閉じ込められている。

特に印象的な顔立ちではなかった父親に似ず、ヨハネスはレイトリンの若手貴族の中でも容姿端麗なほうだと思われる。薄茶の髪に色素の薄い瞳、文官らしく全体的に細身すぎるが、なかなか肝がすわっているような面構えだ。

ミアは再び無言で、じっと彼を見据えた。ヨハネスは視線を受け止め、淡々と話し出す。

「戦禍を逃れ生き残った者たちで、政治機能の回復に努めております。父や他の大臣たちの安否はわかりませぬが、政治を止めることはできませぬ。もしミカエラ様がお許しくださるなら、わたくしが内務大臣の業務を引き継ぎます。少なくとも、王城からイバラが撤去されるその時まで」

すでに多くの者たちが王城に絡みついたイバラを撤去しようと試みた。しかし、無駄だった。斧(おの)で傷つければそこから派生した新たなツルがより強固に生長する。つまり帝都と同じ状況である。

「なぜわたしの許可がいるの」

「まさにそのことで、御前に参った次第でございます」

「忙しいの。話は手短に」

ミアはハンナが運んできた水をがぶりと飲んで、袖口(そでぐち)で口を拭(ぬぐ)う。ヨハネスは一瞬目を見張ったものの、頭を下げて言った。

「青狼城に集結した貴族たちで暫定政府を作りました。本日は、その政府代表でわたくしがここに。レイトリン第一王女ミカエラ様に、即位していただきたく存じます」

ミアは黙ったままヨハネスを見つめる。ハンナとルイスがかたずをのんでいる。

「ハンナ。あれを持ってきて」

「は、はい」

ハンナはすぐにミアの意を察し、奥の部屋から小さな箱を持ってきた。

「あなた方が欲しいのはこれでしょう。持って帰りなさい」

ヨハネスは箱をうやうやしくいただくと、蓋(ふた)を開けた。まばゆく輝く緑柱石が現れる。

あの日、カイラに託された女王の指輪だ。

「これはミカエラ様のものです」

「行きがかり上、預かっただけよ」

「いいえ。カイラ女王が、明確なご意志であなたに託されたのです。次の女王は、ミカエラ様、あなただと」

「そんなはずはないでしょう」

カイラは確かに、次代の女王になれと言ってこの指輪をミカエラに渡した。しかし、あの異様な状況下で、冷静な判断ができたとは思えない。

「母は王太子を定めていた。アリステアはこたびの戦火を逃れ、ボー公爵の城にいると聞いている」

「ミカエラ様は誤解されております」

ヨハネスの声は冷静だ。

「アリステア様は第二王女。正式な王太子としての披露目はされておらぬ上、王統の記録にも記載がございません。カイラ女王が正式に世継ぎにと決められたのは、あなた様の十六の誕生日と同日にございます」

ミアはここで、初めて驚いた。

「馬鹿な」

「真実でございます。あの夜、女王があなた様の誕生日を祝う宴を開き、国の内外に第一王女として正式に紹介された。同時にグリフィスの第二王子との婚約を発表されましたが、同日、もっとも大事な決定がなされた。つまり、ご自分のお世継ぎはミカエラ様と決められたのでございます」

ミアを、世継ぎに定めていた？　あの戦の中で偶発的にミアに指輪を渡したわけではない？

「こちらが書類でございます。父が万が一、戦火で消失することを恐れ、自宅に保管しておりました」

ヨハネスは、卓上に羊皮紙を広げた。そこには確かに、次代女王はミカエラ・ギルモア・レイトリンとする、と文言があり、女王の署名と印が押されている。

「……それならなぜ、帰国したわたしに会おうともしなかったの」

「ミカエラ様を守るためでございましょう。あなた様を城に入れますと、グリフィス側から引き渡し要請があった時に、貴族たちの中に不協和音が生まれたことでしょう。戦を避けるため、または少しでも停戦条件を緩和させるために、あなた様を差し出すように進言する者もおりましたので。女王はそれを望まれなかったのです」

「あなたの父君もそう言っていたわ」

その可能性は、ミアも考えた。そもそもミアは、自分が故郷に定住すれば、国に迷惑をかけることはわかっていた。それでもどうしても、グリンダに会っておきたかったのだ。帰国してみると、グリンダは病にたおれており、出国はできないと考えた。

王城の母をあてにするつもりもなかった。ただ、会いたかった。自分を拒絶し、裏切った母親に、どうしても直接会いたかった。

ミアは目を軽く閉じ、眉間に手を当てた。黙ってこちらを見ているヨハネスに、言った。

「それでも話がおかしいわ。わたしを嫁がせておきながら、その国に出兵するなんて。わたしが死ねば、そもそも王太子にすらなれない」

「女王陛下は仰っていたそうです。ミカエラ様、あなたは必ず故郷に帰ってくると」

「……その保証はどこにもなかった」

「お世継ぎを決めることができるのは、レイトリンでは唯一女王のみ。ミカエラ様。あなたは、カイラ女王にすでに選ばれていたのです。そして運命もあなたを選び取った。どうか青狼城においでください」

カイラは確かに言った。ミアを過酷な運命に委ね、そこから這い上がれるか、生き延びることができるか、試したのだと。

ミアは深く息を吐き、立ち上がった。そのまま窓辺まで行く。窓からは、麦畑が見渡せる。戦でたくさん人が死んだ今年、皮肉にも、レイトリンは例年になく天候に恵まれ、穀物は豊かに実った。

「ボー公爵とアリステアはなんと言ってるの」

「アリステア王女は、権利を主張されております」

それはそうだろう。彼女自身、想像したこともなかったはずだ。長い間王族としての扱いを受けていなかった父親違いの姉が、農夫の娘と蔑んできた姉が、自分を差し置いて女王の指輪をはめるなど。

「貴族たちもそれが順当だと思っているのでは？」

「正直に申し上げて、暫定政府も二分されております。カイラ女王の意志通りにあなた様を女王にと言う者と、アリステア様をと申す者で」

「迎えに来たということは、あなたはわたしが女王になればいいと思っているのね」

「左様でございます」

ミアは振り向いた。ヨハネスは姿勢正しく立っている。

「なぜ?」

「わたくしも父も、内務大臣としてもっとも大切にするのは、女王のお心と規律でございます。女王陛下は然るべき手順にのっとり、ミカエラ様をお世継ぎにと指名された。これを個人の感情や思惑で覆すことなど、とうてい許されることではありませぬ」

「ずいぶんとつまらない人ね」

ミアがはっきりと言うと、ヨハネスは少しだけ面食らったような顔をした。

ミアは大真面目な顔で言った。

「世の中は常に変化している。レイトリンがあの大国に戦を仕掛けたことも、ナハティールと同じようにイバラに沈んだことも、規律など関係なく起きたこと。わたしを女王にと望むなら、この国は規律など無視して変化するし、それが必ずしもいいものとは限らない」

「しかし、あなた様はこの国を愛しておられる」

思いがけない強い言葉に、今度はミアが驚く番だった。この、どこからどう見ても面白みのない青年の口から、愛という言葉が飛び出してきたことに。

「あなた様が領地を耕(たがや)し、獣(けもの)を狩り、薬草を摘むのは、ご自身が生きるためだけではない。あなた様は、レイトリンという国そのもの、そこに住む民草すべてが生き残るために、自ら種を蒔(ま)かれるのです。違いますか」

否定できなかった。ミアはただ、ヨハネスを見ていた。

「わたくしは確かにつまらない男です。すべてを書類の上でしか決定できませぬ。しかしだからこそ、連綿と続くレイトリンの王統を把握(はあく)し、分析し、次代に生かす知恵をも身につけてきたという自負がございます。そのわたくしが申し上げます。あなたは、偉大なるカイラ女王によって選ばれ、王統にその名を刻む手続きをなされたこの国の第一王女でございます。大地に種を蒔き、世話をし、それを刈り取るがごとく、この国を統べてください」

さすがに文官は口がうまい。ミアは思わず苦笑した。

「半数はそれを認めていると？」

「正確には、暫定政府要職十三人のうち、わたくしを含め四人でございます」

「最初から正確に言ってもらわないと」

「申し訳ございません」

「それにあなた、もっとも厄介(やっかい)な問題を忘れている」

ミアは机まで戻ると、広げたままの羊皮紙の隅を指でとん、と叩いた。

「本来ならここに、大神官の署名と印が必要なはずでは？」

レイトリンの王統には、神殿の承認が必要なのだ。王室と神殿は密接につながりがある。そのため王族の成人の儀式は神殿で行われ、誕生すれば洗礼が行われ、死亡すれば祈られる。

「大神官は……いいえ、神殿は、わたしを女王とすることを是としていないはずよ」

「確かに仰るとおりです」

ミアはその誕生すら、神官たちに反対されたのだ。どれほど時が経っても、神官たちがその占いを引き下げるとは思えない。

「その問題はどうするつもり」

「イデスの神官はこう申しております。王城がイバラにのまれたのは、呪いか、守護かまだわからぬと。呪いだった場合は、ミカエラ様に国外に行っていただき、二度と戻らないでいただく。守護であったと判明した場合は、次期女王に」

「勝手な話ね。人の生涯を」

キリアンによって生じたイバラは、守護だ。イバラが発生しなければ、レイトリンは滅亡していた。グリフィス兵を退けることなど、到底不可能だった。

しかし、それをどうやって証明する？　そこまで考えて、ミアは自分の気持ちに驚いた。わたしは、青狼城に赴こうというのか。

女王になるつもりなど、毛頭なかった。王女であることさえ煩わしかった。愛されぬ王女なら、愛される農民でいたいと、心の底から願った日がどれほどあったことだろう。

「ミカエラ様。わたくしにご同行いただけますでしょうか」

再び頭を垂れるヨハネスに、ミアはつぶやくように答えた。

「一日。考える時間が欲しい」

弦を引き絞り、木立の合間から獲物を狙う。じゅうぶんに狙いを定めて放った矢は、しかし、わずかにそれてしまい、獲物を逃した。よく太ったイノシシだったのに。嘆息して弓矢を背負い直したミアに、キリアンが冷静に指摘する。

「わかりやすい」

「なにがよ」

「本当はもうとっくに答えを出してる」

ミアは答えず、わざと足音も荒く下生えを歩くと、先程外した矢を拾い上げた。本当にこの距離で外すなど、狩りを習いたての子供のようだ。

「……わたしはほんの少しの領地があればそれでよかったのよ。領地を真面目に耕して、おばあちゃんやネリーに楽をさせてあげることができれば。王族に嫁ぐなんて考えたこともなかった。まして、女王になるとは」

「俺は、いつかそんな日が来るような予感はした」

ミアは驚いた。

「どうして?」

「女王を近くで見ていたからかもしれない。一度、執務室に呼ばれて直接話をした。その時にわかったんだ。あの人は、実はミアを気にかけているし、存在を強く意識しているって」

あの戦の最中で。ミアも初めて、母と向き合って話した。濡れた瞳でお前を愛さないと叫んだ母は、真逆の感情に苦しんでいるように見えた。

ミアは確かにあの時、生まれて初めて、母の愛を感じたのだ。そしてこの国を彼女から引き継ぎたいと思った。カイラから指輪を受け取ったのは、エドワードに対し母を守るためでもあったが、母の思いをまるごと受け止めたいと願ったからだ。

『おまえは新しい世界の新しい女王となれ』

ミアは、この国を確かに守りたいと思う。

「女王も、カールソン伯爵も同じことを言ったのよ。三百年前の円卓会議と大地の割譲が不公平だって。でも、わたしはそうは思わない」

ミアは生い茂るカモミールを摘んだ。夏の恵みを内包する草花は薫りも薬効も力強い。

「この国は確かに貧しい。でも、国として発展する可能性を秘めている。レイトリンにしかない美しさや恵みだってじゅうぶんにある」

それが、グリフィスに行ってわかった。長い間、南の国に憧れていた。しかし、嫁いでみれば、故郷が恋しくてたまらなかった。呼気さえ凍る冬の空気や、夏の息吹や、雪の上に足跡を残して去ってゆく白い獣を、幾度も思い起こした。

「おばあちゃんが言っていたの。おばあちゃんの血も肉も、ここの大地で作られているって」

そのグリンダは望み通り、レイトリンの大地に眠る。

「ほら。だから、そこにいる」

ミアは木立を指差した。キリアンが振り向く。もちろん、姿はない。

「そこにも、あそこにもいる。この森のあちらこちらにおばあちゃんはいる。そうでしょう？」

キリアンは胸をつかれたような顔をして、うなずいた。

「ああ」

ミアは深く、森の空気を肺に吸い込む。

「わたしもおばあちゃんと同じ。死んだら、必ずこの国のこの森に還る。すべての民がそう思えるような、女王になる」

「君は、そう言うだろうと思った」

「女王になってこそ、時の魔女を解放することができるかもしれない。そうしたら、帝都と王都を覆うイバラも消える」

キリアンはミアを見ている。

「……約束するから。あなたの故郷を蘇らせる。だから、それまで、ひとりで行かないでくれる？」

「そんなこと心配してたのか」

「いてもらわないと困る。女王になるにあたっては、たくさんの反対派を納得させなければならないだろうし、命を狙われることもあるかも」

「約束は守る」

そっけなくキリアンは言う。そうだね、とミアはうなずく。

キリアンは約束を守る。ミアを決してひとりにはしないと言った。どこかへ出かけようとも、必ず生きて帰ってくる。

「じゃあ、夕飯の席でみんなにも伝えなきゃ。まだまだ苦労が続くからって」

「みんな喜ぶよ」

「ハンナのお嫁入りも遅れるな」

「相手がいるわけじゃないし、いいんじゃない？」

「それ言ったら殺されるよ」

笑いながら、森を歩いた。重大発表にふさわしい夕飯にしなくては。イノシシか、鹿を仕留めて帰るのだ。

ミアはふと、キリアンの背を見つめた。胸の痣が少し熱を帯びている気がする。じわりと、熱が四肢に広がる。

忘れてはいない。ミアは呪いを持つ身だ。恋した相手には、笑いかけることも、泣くことも怒ることもできない。

エドワードへの想いは断ち切れた。しかし、次にまた恋をしたら、同じように苦しむのだろうか。相手を、さらに苦しめるのだろうか。

メトヴェは言った。

呪いの存在を恋する相手に明かせば、相手は死ぬだろうと。

だからミアも、エドワードに真実を伝えることができなかったのだ。

仮に……あくまで、仮に。キリアンだったら？　キリアンは、すでに呪いの詳細を知ってしまっている。ハンナやルイスも知らない詳細を。

誕生日の夜、動揺したミアが打ち明けてしまったからだ。あの時、ミアはエドワードに恋をしていた。

母の言葉を思い出す。

『わたくしはあの者に甘え、依存しすぎた。あの者は凡庸なただの農夫だったのに』

足を止めた。清涼な森の空気に満たされているのに、息が苦しくなる。

「……ミア？」

キリアンが振り返る。問うように、じっとミアを見つめている。

違う。

これは恋ではない。恋では、断じてない。

ミアは石の塊をのみ込むように、かすかにゆらめく思いを封印した。

女王になれば、誰かに恋する気持ちなど、子供じみた感情であるとわかるだろう。ひとりの男を愛するより、多くの民を愛さねばならない。誰かを愛さなければ、苦しむこともない。

カイラは愛を失い、冷たい女王となった。

ミアは愛を、己の意思で制御し、唯一無二の女王となる。

「なんでもない」

ミアは静かに答え、キリアンを追い越した。

2

青狼城はレイトリンの最東の城だ。王城より馬で一日の距離にあり、代々の女王の保養地でもある。

その名の通り、ここには昔、青い毛並みの狼がいた。ダグ・ナグルが夜の神と呼ばれ、白い狼であるのに対し、青狼は、固有名詞は伝わっていないが、夜明けを司る神であったという。

しかし、今は伝説すら風化し、その存在を感じるものは何も残されていない。

ただ、風光明媚な古い石の城が、丘の上にぽつんと建っているだけだ。

女王は時折、家族を伴いこの地で過ごした。丘のふもとに湖があり、冬は白鳥や渡り鳥で賑わう。夏には鱒釣りやボート遊びが楽しめ、森の恵みもすばらしい。王城よりこぢんまりとした城ではあるが、温泉もある。

もちろんミアがここを訪れたことはなかった。

この日、レイトリンの未来を左右する重大な決定を前に、生き残った要人はすべてこの城に集っていた。

ミアはキリアンとジーク、セオドールを伴い、城に入った。広間は吹き抜けで広く、ガラス戸を開けば広い露台があり、眼下に広がる森や、晴れた日はオネリス山まで見渡せるという。

その広間にはすでに貴族たちが集結している。足を踏み入れるとざわめきと同時に人が左右に割れ、正面に異父妹のアリステアがいた。隣には彼女の父親であるボー公爵もいる。

ほぼ一年ぶりの再会は、もちろん和やかなものではない。

「お元気そうで何よりですわ、お姉様」

アリステアは勝ち誇った顔をして、ミアを見据えている。久しぶりに見る異父妹は、記憶の中の彼女とは少し印象が違っていた。

身だしなみは相変わらず完璧だ。大きな戦のあととは思えない、たおやかな装いをしている。布地をたくさん使った淡い色合いのドレスに、艶のある白金の髪に、陶器のような白い肌。

かつては彼女の美しさに純粋に驚き、萎縮（いしゅく）してしまう自分がいた。それがどうだろう。顔立ちはカイラに似て整っているものの、彼女を美しいとはもはや思わない。その目つきや佇（たたず）まいの、なんと幼いものか。

彼女が変わったのだろうか。いや、ミアが変わったのだ。ミアの中の価値観が、この一年で大きく変化した。ミアは愛し、憎しみ、そして失った。あまりにも大きなものを失い、しかし今、新たに得ようとしている。これはその一歩だ。

「アリステア」

静かに名を呼ぶと、アリステアは怯（ひる）んだような顔をした。今日、ミアは着飾ってなどいない。さすがに普段の農作業や狩りの時の衣服とは違い、可能な範囲で正装をしている。ジークが調達してきたごく簡素なドレスをハンナが徹夜で仕立て直してくれたものだ。深い緑色の光沢がある生地で、飾りひとつない。襟（えり）が高く袖も上身頃もぴったりとしている。髪は一部を編み込んで背に垂らし、髪飾りも耳飾りも、およそ宝飾品のようなものは一切身につけていない。命からがら帰国したミアは、すべて手放している。

女王の指輪は外し、後ろに控えるセオドールが持つ箱に入れていた。

アリステアの傍らに立つボー公爵をはじめ、幾人かが、苦々しい顔つきでミアを見ている。ヨハネスが畏まった様子で言った。

「本日お集まりいただきましたのは、次期女王を決定し数日後に戴冠式を行うためです。略式ではありますが、この国が機能していることを国の内外に示す必要があります」

「急ぎすぎでは？」

貴族のひとりが言った。

「女王陛下の安否も定かではない。イバラの中が現状、どのような状態なのかわからぬというのに」

「カイラ女王陛下におかれましては」

ヨハネスが表情ひとつ変えることなく言う。

「ミカエラ様を次期女王にと定められておりました。指輪もあの戦の日に直接渡されております。カイラ女王の安否は確かに不明ですが、王城から出てこられたとしても、第一王女の即位に否は唱えないでしょう」

「その指輪が問題ですな」

ボー公爵が口を挟んだ。

「第一王女は確かに女王自ら下賜されたのだと仰るのか」

ミカエラはうなずいた。

「確かです」

「誰か見た者は？」

「わたしが嘘を申しているとでも？」

真っ直ぐに顔を見て問うと、ボー公爵は少し目を泳がせた。

「そこまでは。しかし、これほど重大なことを、戦のさなかに決定するものかどうか」

「女王の意志は以前より明確でした」

ヨハネスが冷静に、羊皮紙を広げる。先日ミアも見たものだ。

「次期女王はミカエラ第一王女に。ここに女王の印も押されております。ミカエラ様が十六の誕生日を迎えられた、同日の日付も」

「しかし、そこには大神官の印がない」

ボー公爵が困りきったように言う。広間の視線が一点に向けられた。そこにはイデスの大神官ハギスがいる。ハギスは老齢の神官で、ミアの出生に強く反対したひとりだ。明らかにミアに分はなかった。

「古来より、レイトリンの為政者は神々の祝福を得た者と決められておりますゆえ。残念ながら、両王女とも立太子の儀式を受けてはおりませぬ」

立太子の儀式とは、世継ぎの王族が然るべき時期に神殿で儀式を行い、大神官から祝福を受けるというもの。神々が祝福する場合は滞りなく儀式が終わり、王にふさわしくない時は印が現れるという。これは建前の儀式にすぎない。儀式が行われさえすれば、その者は順当に王太子になる。アリステアは十六歳になったばかり。王太子と目されてはいたが、確かに神殿での正式な儀式を終えたわけではなかった。

広間中がざわめいている。アリステアを推す者、女王の意志を尊重するべきだとする者、大神官に一任するべきだと主張する者。

ミアはさらに一歩、アリステアに近づいた。

「アリステア。あなたは女王になりたいの？」

単刀直入に聞くと、多くの者がぎょっとした顔でミアを見た。本人もだ。

「当たり前のことをお聞きにならないで。それに、なりたいのではなく、なるのが定めなのですわ。この国の王太子はわたくしですもの、お姉様」

そして、ミアの全身を一年前と同じように、蔑むように見た。

「おわかりでしょう？　わたくしとお姉様は出自が違います。残念ながらこの国において、農夫の娘が王になったことはございません。わたくしの父、ボー公爵は、建国から続く由緒正しき貴族の家柄。母は同じなれど、どちらが女王にふさわしいかは今さら議論するべきことでもありませぬ」

ボー公爵が満足そうにうなずき、周りの者たちも追従するようにうなずき合う。

ミアは、くすりと笑った。あえて浮かべたその微笑はたいそう蠱惑的であったと、後々、ジークに指摘されることになる。

確かに広間にいる人々は一瞬、のまれた様子でミアを見た。ミアは、

「父親が誰かなど、レイトリンの女王たるに関係ない」

と言い切った。

「な……」

アリステアが目を見開く。

「確かにわたしの父エルネストは」

ミアは朗々と続ける。

「この国の農夫であり、立派な男だった。このことは、誰に恥ずべきことでもない。大地を耕し、森の恵みを得、汗を流して自らの食料のみならず村という共同体に寄与する。わたしは自分の出自を恥じたことなど一度もない。むしろ誇りに思っている」

ミアは居並ぶ者たちを順番に見た。

「一方で」

と話を続ける。

「レイトリンの女王とは、レイトリンそのものだ。森を解し、大地を愛する。誰の血が混ざろうが、女王は女王たりうる。そのため歴代の女王は正式には婚姻せず、相手の姓名も名乗らない」

ミアは言った。

「わたしの名はミカエラ・ギルモア・レイトリン。母カイラが産み、名を授けた、この国の正式な王女です」

座がしんと静まる。アリステアは細かく震えていたが、ヒステリックに叫んだ。

「それは詭弁よ！　あなたなんか農夫の娘じゃないの。あなたなんか、誰も認めない。女王の指輪だって、お母様から奪い取ったに違いないわ！」

「見苦しい」

ミアは冷静に指摘した。

「レイトリンの女王はみだりに感情的になってはならぬ。あなたは王太子であると言いながら、その身分にふさわしい立ち居振る舞いについて、何も学ばなかったの？」

アリステアは顔を真っ赤にして、魚のように口をぱくぱくさせた。数人が失笑し、ボー公爵は怒りに満ちた目でミアを睨んでいる。

ミアは大神官ハギスに向き直った。

「わたしの存在が忌むべきものではなく、神々に祝福されていることを証明すればよろしいのですか」

「いかにも」

ハギスは静かな瞳でミアを見る。

「どのようにして？」

「神の啓示というものは、必ずあるものです。カイラ女王の時には白鷺が王城の上空を旋回し、神殿に火が灯りました」

今ではミアも知っている。幼い頃は懐疑的だった、人ならざる者の確かな存在を。しかし、国をこの先導いていくにあたり、神の力は本当に必要なのだろうか。

この大地は神のものではない。この地で生きるための糧を得るのも、死ぬのも、泣くのも、すべて人間がすることだ。カイラはミアに、新しい世界の女王になれと言った。陰謀や戦を乗り越えて、自分の国を豊かにする。そうであるならば、次の女王はアリステアではない。

「……わたしが生まれた時、言われたそうですね。わたしの存在は古の勇者と知恵者を光の帯の彼方に追いやると」

「左様です」

「今でもそう思うのですか？」

「……啓示がなければ、それを証明したことになりましょう」

ここまでなのだろうか。

ミアは自分の生まれに誇りを持ち、この国を導いていきたいと思う。

しかしひとりきりで王冠をかぶっても、女王にはなれない。多くの者がミアを認め、受け入れ、そこから始まるのだから。

「わかりました」

ミアはセオドールに言った。

「指輪を大神官に」

「ミカエラ様」

ヨハネスが異を唱えようとするのを、手をあげて制する。

「次期女王については、神殿の意向に任せる」

ミアは神殿を軽んじるつもりはない。

「……わたしは見捨てられた王女だったが、多くを神殿の者から学んだ。無視することはできない」

ハギスは、ふと柔らかな微笑を浮かべた。

「あの者ですな」

「わたしの育ての親でもある」

ミアの心身を育てたのがグリンダなら、ラヴィーシャは知を授けてくれた親である。

ミアは静まり返った広間で自分を見ている多くの者に、一礼をした。

踵(きびす)を返す。女王になると宣言し、選ばれないのなら仕方がない。ミアは領地に戻り、出立するべきだろう。

そもそもの発端(ほったん)の地、ナハティールへと。

しかし、その時。

露台に続く大きなガラス戸が、いきなり音を立てて外側に開いた。

雲が大きく動いて、眩(まぶ)しい光が広間に差し込んでくる。一同は露台の向こうに広がる空を見上げた。光を届けているのは太陽ではない。

昼間なのに、緑の帯がまばゆくたなびいているのが、雲の切れ間から見える。

「……あれは?」

誰かが一点を指差した。ミアも目をすがめ、そして視界にとらえた。

白い獣が、螺旋(らせん)を描きながら天空から駆け下りてくる。

「夜の神だ」

「ダグ・ナグル……」

人々の驚愕の声をかき消すように、咆哮が轟いた。ミアは硬直し、それを見ていた。

ナグルは瞬く間に露台に着地し、足音もなく広間に入ってくる。驚いて退いた人々を、首をもたげて睥睨する。その瞳が、ひたとミアに据えられた。

ゆっくりと、獣は歩いてくる。白い毛は純銀に輝き、瞳は夜の星を閉じ込めたかのようにまばゆい。

やがてミアの眼前まで来たナグルは、頭を垂れた。ミアはそっと手を伸ばし、神獣の毛に触れる。

感極まったような声をあげたのはハギスだ。膝を折り、地面に額ずく。それを見た他の神官たちや、一部の貴族たちもならう。

（呪われたのではない）

ナグルは厳かな声で言った。

（選ばれたのだ。おまえはどこにいても、この森の娘。おまえはわたしであり、わたしはおまえである）

ミアは震える唇を開く。

「ナグル。今まで、ずっと……」

幼い頃から、森で白い獣を見かけた。白い鹿、白い狐、白いフクロウ。白い獣は狩らない。禁断の森より帰ってから、そう決めていた。長い間、なぜかナグルに出会ったことを忘れていたのに、そう決めていた。

グリフィスを脱出する時も、白いフクロウのあとを追った。ミアたちは、ジークの機転だけではなく、この獣の加護があったからこそ生き延びることができたのだ。

「神殿はミカエラ様を次期女王としてお迎えいたします」

ハギスが顔をあげて言う。

もはや、その場の誰ひとり、異を唱える者はいなかった。

ナグルは頭を数回振って満足そうに目を細めると、再び空に向かって駆け上がっていった。

エピローグ

空を駆け抜け、禁断の森に戻った白い狼は、湖のほとりまで戻ってくると、とある高木の根元に身を横たえた。

その木は、イデスジアと呼ばれる千年樹、つまり世界樹のひとつである。

姿かたちはトネリコや、菩提樹(ぼだいじゅ)にも少し似ているが、千年にわたり落葉せず、常に濃い緑の照葉(てりは)に覆(おお)われている。

それが、初めて花をつけたのは十七年前のことである。花は可憐(かれん)な真紅の小花で、その甘い香りは、数日にわたって周囲に広がった。しかし、一般的に花をつけた木は、弱るものである。イデスジアは、その年から徐々に落葉した。今では、昔の半分ほどしか葉は残っていない。

時は近いのかもしれない。

ダグ・ナグルは白い首をもたげて、枝葉を見上げた。その時枝の奥から、一羽のツグミが飛び降りてきて、ナグルの頭に着地した。

(そなたの教え子は、なかなかおもしろい森を育てた)

と、ナグルは言った。ツグミはぴょんぴょんと頭の上を数回跳ね、地面に降り立った。するとまたたく間に、小鳥は人の姿をとる。

白いフードを目深にかぶった女だ。

「感謝いたします。あなたの加護があってこそ、あの娘は健やかに成長した」

うむ、とナグルはうなずいた。

(実のところ、少し億劫であった)

ふふふ、と女は笑う。

「そうでしょうか？　愉しんでおられたようにも見えましたけれど」

うむ、ともう一度うなずく。

(しかしワシは年寄りゆえ、外界に赴くのは骨が折れる)

女はじっとナグルを見た。

「だいぶお疲れのご様子ですわね。夜の王よ」

当たり前である。

実体を禁断の森の外へ飛ばしたのは、実に三百年ぶりだ。

三百年前。大神イデスは大地を魔女たちに割譲し、太古の神々であったナグルたちを、己が生み出した各地の結界に次々に封印した。

この世界を、人間たちに渡すためである。

ナグルを封印した、この禁断の森のように、大陸中には似たような結界が数多く存在するが、多くの神は、その結界の中で大地や森に吸収され、消失していった。

今日、訪れた城のあたりも、そのひとつである。かつてナグルの盟友だった青い狼は、あそこに城が築かれるより前に、消失した。

この国には、火を吐くオネリスという名の竜もいた。オネリスは、その名と同じ山の麓(ふもと)に封印され、他の多くの神獣と同じように、禁足地で深く眠るうち、山そのものと同一のものとなった。

ダグ・ナグルも、眠ろうとしていたのだ。青狼やオネリスに後れはとったが、この森と湖に溶け込み、永遠の眠りにつこうとしていた。

それは狭義には、死を意味する。ナグルはとても長い時を生きてきた。そろそろ、青狼やオネリスのように、死を受け入れてもいい頃合いである。だが、それができなかった。生への執着ではなく、この世の行末が気になり、どうしても心静かに眠ることができなかった。

しかしイデスジアの花が咲き、あの娘が現れて、ようやく終焉(しゅうえん)の日を受け入れられる気がした。

十七年前、この国に生まれた赤子は、聖職者によって生誕を阻まれようとした。

赤子は、神でもなく、精霊でもなく、魔女でもない、ただの赤子だが、古の勇者と知恵者たちを、光の帯の彼方へと追いやる忌まわしい存在なのだと。

女王は、それでも子を産んだ。

同日、イデスジアの木に、赤い花が咲いた。その後、木は落葉を始めた。

ナグルはその意味を理解していた。イデスジアは世界樹であり、この世界の理を映す鏡である。花が咲き、落葉が始まったということは、木の寿命が近づいていることを告げている。それは同時に、神々の世がとうとう終わり、世界は完全に人間の手に委ねられるということだ。

レイトリンの大神官が予言したことは正しい。ミカエラが築く世には、もう神は存在しない。

それこそが、実のところ、大陸を去ったイデスが望んでいたことなのだ。したがって、ミカエラが呪われた子というのは間違いである。

「あなたはなぜ、そうまでして、あの子を守ったのですか」

女に問われ、ナグルは答える。

(あの娘が、穢れなき森を己の中に育てる様を見届けたかったのだ)

ナグルの頭をなで、首をかきいだき、自分の存在の是非を問うた。

あの時から、ずっと見守っていた。実体で移動すると今のように気力を著しく消耗するため、意識のみを外界の獣に憑依させ、見守った。

「わたくしも同じですわ」

と女は言った。うむ、とナグルは女を見る。

(そなたも心残りがすっかり消えるまでは、眠れまい。それゆえ、まだ、ここにいる)

実体は少し前に、霧散したというのに。

(のう。暁の魔女……ラヴィーシャよ)

女がフードを下ろした。光り輝く豊かな黄金の髪がこぼれ、白い顔が露になる。ナグルは美醜に興味はないが、これが美しい顔であることはわかる。見る者によって、穢れを知らない少女のようにも、年月を重ねた老婆のようにも見えるのは、魔女の特徴でもある。

「わたくしは、未練がましいのですわ。あなた以上に、自分が目をかけた者たちの行末が気になって気になって、この国に居座り続けている」

目の前のこの魔女は、時を超えて送られてきた皇子を庇護し、実の母からも退けられた王女に知の財産を与えた。

未練。

否、それは贖罪ではないかと、ナグルは考える。ラヴィーシャは、時の魔女の封印に、最後まで反対した女だった。

白い狼か、魔女か。先に死ねるのは、いったいどちらだろうか。

ナグルはひとつ、大きなあくびをした。

（少し休む。そなたもしばし教え子のことは忘れ、傷を癒やすがよい）

ラヴィーシャは、そうですね、と微笑み、再びツグミの姿になった。

はらりとまた一枚、葉が舞い落ちた。狼はツグミを頭に載せたまま、短い眠りについた。

即位式は簡略的に神殿で行われた。

ミアはハギスによって黄金の冠を戴き、女王の指輪をはめた。同じ場所で呪われたのは、十六の夜。しかしこの日、ミアは祝福され、受容された。

レイトリンで新女王が即位したことは、数日後には大陸中に知れ渡った。

ミアは住居を青狼城にうつし、そこで政務にあたり始めた。ヨハネスを中心にまとめさせた復興のための政策に決断を下し、国を内外から守っていかねばならない。

年若い女王と侮って、再び軍をすすめてくる国があるだろう。グリフィスもあのまま引き下がるとは思えない。

代替わりが行われたのは政治だけではない。キリアンは戦死した義父から領地を引き継ぎ、侯爵となった。

ミアは、戦で軍師を務めたミケルセン中将を元帥に昇格させ、兵符を与えた。そして彼と共に生き残った軍をまとめた功績から、キリアンを、騎兵隊を率いる中将に任命した。

今まさに、青狼城の広間で叙任式を執り行い、彼に剣を授けようとしている。

剣は、新たに鍛えさせたものである。レイトリンでも希少な上質な鋼を使い、技術の粋を集めて作らせた。これまでのものに比べると圧倒的に軽く、刃こぼれがしにくく、馬上での戦いに適している。鞘の部分には、狼と、イバラの意匠を彫り込んである。恒久的な守護と戦勝祈願、潔斎のため、一晩、神殿の祭壇に置かれていたものが、先程届けられた。

ミアは女王の椅子から立ち、膝をついている若き将校を見下ろす。

青地に銀の縫い取りがあるマントが、とてもよく似合っている。幼い頃から武に秀でて、身のこなしに品があり、人目を引いたのも、今となっては納得できることだ。

一方で、ミアの装いは女王にふさわしい正装ではあるが、華美という点では物足りないものである。なにしろ、レースや金糸の縫い取りなどの飾りは一切ついていない。上身頃はぴったりとして、襟は当然高く、細い腰から広がるスカート部分の生地はふんだんに、後ろを長く引きずる形である。唯一装飾的なのは、切れ込みが入った袖で、黒の天鵞絨生地がのぞくようになっている。飾りがないぶん、ローブ本体の生地は上質な絹が使われているが、濃い緑一色なため、少し近寄りがたい印象だ。長い髪も編み込みひとつにまとめているため、ずいぶんと年上に見えると、ハンナが少し寂しそうに言っていた。

もちろん、それでいい。

斜め後方には、セオドールが控えている。ローンウッドの王籍から外されている彼は、正式に女王の客員騎士として側近に加えられた。

ミアは、下賜(かし)する剣を両手で持つ。王室の儀式はすべて、神殿の意向を強く反映した伝統にのっとっている。そのため、剣を授ける時も、定められた祝別の文言がある。

「まさに今、この清明な地で騎士として新たな剣を佩(お)びる者――キリアン・デールよ。我と共に王国の真理を守り、祈りかつ働く人々すべてを守護するべし」

キリアンが剣を受け取る。促(うなが)され立ち上がると、儀式にのっとり、三度剣を引き抜いて、また鞘に収める。

それからミアの手を取り、甲に口づけた。

ミアは一度目を閉じ、開くと、ゆっくりと手を引き戻した。

いつかナハティールに、彼と赴くだろう。

ふたりは離れない。

同じ目的、同じ場所にいながら、もう無邪気にじゃれ合い、抱きつくことはない。彼に髪をすいてもらい、服の汚れを落としてもらうことも。共に馬を駆り、草の上に寝転がって星を数えることも。

キリアンが顔をあげる。

その眼差し(まなざ)しの深さに、イバラの刻印がかすかに呼応し、痛みを発する。その痛みに、ミアは気づかないふりをしている。

気づけば封印せねばならず、苦しむことになる。

母と同じ過ち(あやま)を犯してはならない。

気づかなければ、伝えなければ、ふたりは共にいられるのだ。幼かった日々が二度と戻ってこなくても。ミアは女王となり、キリアンは生きて戻った。そのこと以上に幸福なことは、きっとないのだから。

先に瞳を伏せたのは、ミアのほうだ。キリアンが、一瞬だけ、困惑したような気配があった。しかしすぐに、もう一度深く礼をして、広間を出てゆく。

ミアも再び、玉座に座った。セオドールがつと離れ、露台に続くガラス戸を開け放つ。白髪の青年の肩越しに、青い空が広がっている。

雲ひとつない、よく晴れた日だ。にもかかわらず、吹き抜けてくる風は、すでにずいぶんと冷たい。

手の甲にくすぶっていた熱が引いてゆく。

長い冬が、駆け足でやってくる。

右中指にはめた女王の指輪が、きらりと輝いた。視線を落としてみれば、そこに映るミアの顔に、幼さはもう、かけらも残ってはいなかった。

集英社オレンジ文庫をお買い上げいただき、ありがとうございます。
ご意見・ご感想をお待ちしております。

● あて先
〒101-8050　東京都千代田区一ツ橋2-5-10
集英社オレンジ文庫編集部 気付
山本　瑤先生

穢れの森の魔女

黒の皇子の受難

集英社
オレンジ文庫

2022年3月23日　第1刷発行

著　者　山本　瑤
発行者　北畠輝幸
発行所　株式会社集英社
〒101-8050東京都千代田区一ツ橋2-5-10
電話【編集部】03-3230-6352
【読者係】03-3230-6080
【販売部】03-3230-6393（書店専用）
印刷所　大日本印刷株式会社

ISBN 978-4-08-680439-4 C0193